동백꽃, 붉고 시린 눈물

누구나 다리 위에 서면
등왕식 가눈처

동백꽃, 붉고 시린 눈물

최영철 산문집

산지니

푸조나무

釜山이라는 말

최영철

釜山이라는 말
釜山이라는 말

가마뫼라는 말
가마솥처럼 생긴 뫼라는 말
앙다문 솥뚜껑 아래 부글부글 끓는 뫼라는 말

그 가마뫼라는 말과 불끈 솟는 힘이라는 말
그 가마뫼라는 말과 절절 끓는 힘이라는 말
그 가마뫼라는 말과 굳게 다문 힘이라는 말

부산이라는 말
급하게 서두르거나 시끌벅적 떠들어 어수선하다는 말

副産이라는 말
주된 생산물이 아니라 무엇에 편승해 슬쩍 덩달아 나왔다는 말

釜山이라는 말
釜山이라는 말

꿀꿀이죽이라는 말
공돌이 공순이란 말
번득이는 생선 비늘이라는 말

덩달아 시끌벅적
지금도 끓고 있다는 말

그 가마뙤라는 말에 참기름을 붓고
그 가마뙤라는 말에 깨소금을 붓고
그 가마뙤라는 말에 각설탕을 붓고

오랫동안 굳은살과
바짝 조인 허리띠와

움켜 쥔 땀방울을
슬슬 풀어주고 싶다는 것
슬슬 닦아주고 싶다는 것

釜山이라는 말
釜山이라는 말
앙다문 가마솥 같은 뫼라는 말

수영 들놀음

차례

제2부 작품들

제1부

풍경들

❀

범어사 대웅전의 기와지붕을 바라보
고 서 있는데 잠시의 침묵을 깨트리
며 풍경소리가 울렸다. 절집 처마 밑
의 풍경은 범종과는 달리 사람이 아
닌 바람이 소리를 낸다. 풍경을 건드
리고 가는 바람은 누가 일으켰을까.

범어사 오르는 길

보수동 헌책방 골목

봄에서 봄으로, 부산의 사계

봄

영도대교를 넘어 태종대로 가던 길이었다. 한창 무르익고 있는 봄이 내 발걸음을 자꾸 불러 세웠다. 연초록빛을 띠기 시작한 봄의 물상들이, 산들거리는 봄의 바람이, 아가의 손끝처럼 보드라운 봄의 햇살이, 바삐 가는 내 발길을 붙잡았다. 여기 좀 보라고, 나하고 눈 한 번 맞추고 가라고, 내 손 한 번 잡아주고 가라고.

그러고 보니 그리 바쁘게 가야 할 까닭이 없는 길이었다. 그리 앞만 보고 달려가야 할 필요가 없는 길이었다. 먼저 어서 나아가야만 할 마땅한 이유도 없는 길이었다. 저토록 나를 간절히 불러 세우고 있는 것들을 물리치고, 그것들의 마음을 아프게 하며 달려갈 까닭이 없는 길이었다.

봄은 뭍에서만 솟아나는 것이 아니라 바다에서도 솟아나고 있었다. 바다의 빛깔은 연초록 잎처럼 부드러웠고 파도는 산들바람처럼 잔잔했다. 저기 앞서 가는 사람이 아는 사람이면 좋겠다는 생각을 하고 있

태종대 해안 절벽

는데, 뒤를 돌아보는 그가 정말 아는 사람이었다. 못 본 지 몇 년은 되었지만 서로 안부를 물은 적도 없이 지낸 걸 보면 그나 나나 어느 봄날 이렇게 문득 만나게 되리라는 것을 이미 알고 있었던 모양이다.

전하는 바에 의하면 태종대는 신라 태종무열왕이 삼국통일의 대업을 성취하고 전국 명승지를 여행하던 중 잠시 들러 궁인들과 함께 활을 쏘며 쉬어갔다고 하여 붙여진 이름이라고 한다. 해안을 끼고 빽빽이 선 울창한 수림 사이로 언뜻언뜻 비치는 푸른 바다가 막힌 가슴을 탁 트이게 한다.

태종대 바다가 가진 위풍은, 넓고 푸르게 넘실대던 동해가 남해로 넘어가기 전 마지막으로 보여주고 가는 당당한 위풍이다. 봄의 정취에 빠져 있는 느린 발걸음을 툭툭 치며 다가오는 파도를 한주먹 들어올려 옆구리에 꿰차고 걷는 맛이 일품이다.

태종대 해안의 바위들은 그 파도만큼이나 우락부락하다. 거친 변화구를 한 자리에서 수도 없이 받아낸 노련한 포수만큼이나 바위들은 비죽비죽 검게 멍든 자국들을 드러내고 있다.

수면 위로 드러난 형상이 그러할진대 눈에 보이지 않는 물밑의 형상은 또 어떠하겠는가. 먼 바다를 향해 한자리에 붙박여 견딘 세월들이 지금 저 바위의 발치에는 수북할 것이다. 제 허벅지를 찌르며 기나긴 겨울밤을 지샌 수절 과부들처럼 지금 바위는 봄을 향한 기다림의 형상으로 견고해지고 있다.

여름

충렬사 뜰이 환하다. 몇 겹의 장막을 걷어낸 텅 빈 하늘이다. 여기에서 바라보니 하늘을 가렸던 장막을 걷어낸 것은 순국선열의 기상이었다. 임진왜란, 나라의 운명이 풍전등화의 처지에 놓여 있을 때 동래부사 송상현, 부산진첨사 정발, 다대포진첨사 윤흥신, 그리고 여기 이름을 다 열거할 수 없는 수많은 선열들이 부산성을 지켰다.

그들의 넋이 지금 이곳에 있다. 경내를 돌아보던 발길이 연못 의중지(義重池)에서 잠시 머문다. 연못 안을 노니는 잉어나 그 곁을 지저귀며 나는 새들이 선열들의 인기척 같다. 그때나 지금이나 외세 앞에 자유롭지 못한, 두 동강 난 나라의 안위를 염려하며 쉬 우리 곁을 떠나지 못하는 선열들의 인기척 같다.

그 중 몇은 사당 입구 한 무더기의 백일홍이 되었다. 저 붉은 꽃에는 가슴 아픈 전설이 있다. 마을 처녀들을 잡아가는 이무기를 무찌르러 간 총각을 기다리다 약속한 100일이 되던 날, 돌아오는 배의 돛이 이무기의 피로 붉게 물든 것을 보고 총각이 죽은 것으로 판단한 처녀는 자결했다. 그 자리에 100일 동안 붉게 피어난 꽃이 백일홍이다. 충렬사 선열들의 장렬한 죽음은 지금 저렇게 붉은 꽃으로, 지금 저렇게 맑은 새소리로 다시 살아나고 있다.

여름 바다는 뜨겁고 서늘하다. 작열하는 햇살과 그 아래 맨살을 드러낸 사람들의 몸이 뜨겁다. 출렁이는 바다는 그것을 식혀주기에 알맞도록 어느 때보다 차갑다. 여름은 몸의 기운이 최고조에 달할 때여서 구석구석 도사리고 있는 진한 욕망들을 밖으로 내보내야 한다. 바다는 그것을 받아내기에 모자람이 없도록 서늘해졌다.

여름 바다가 없었다면 사람들의 욕망은 점점 가열되어 곳곳에서 들끓었을 것이다. 여름의 욕망은 갈구하면 할수록 목이 마른 일장하몽(一場夏夢)이다. 바다는 그 흉물스런 여름의 욕망을 서늘하게 씻어준다.

여름 바다에 와서야 내부에 도사리고 있던 우리의 야성은 발산된다. 움츠리고 숨긴 것들, 참고 억눌렀던 야성은 환호를 지르며 솟구쳐 오른다. 땅의 질서에 묶여 우리는 그동안 얼마나 작아지고 얼마나 비굴해졌던가. 몇 겹의 허울로 진실을 숨기고 왜곡했던가.

이제 당당하게 가슴을 펴고 모든 짐 지운 가식들을 다 날려버리러 바다로 가자. 우리는 이제 저 넓은 수평선만을 향해 달려가는 것이다. 그 품에 제 몸을 맡기고 함께 출렁이며 나아가는 것이다.

가을

대청공원은 구불구불하게 휘어진 산복도로를 지나서 가야 한다. 좌천동 수정동 영주동 대청동으로 이어지는 산복도로의 구비

마다에는 지난 세월의 고단한 흔적들이 아직도 남아 있다. 전쟁의 소용돌이를 피해 남하한 피난민들이 배수진을 치고 정착했던 낮은 집들이 아직도 골목 여기저기에 어깨를 붙이고 있다.

그 길을 차를 타고 지나는 것이 미안하다. 역사의 아픈 시간들이 지난한 것이었듯이 그것을 되밟아가는 나의 발길도 더디고 조심스러워야 할 것이다. 그 길을 한달음에 달려 지나치는 것은 아직도 아픈 생채기가 남은 시간 앞에서 행할 도리가 아니다. 대청공원으로 오르는 길에는 앞만 보고 급하게 달려온 우리가 놓쳐버린 것들이 있다.

대청공원 뜰에 핀 나라꽃 무궁화는 화사하고 강건해 보인다. 여리고 가냘픈 꽃이 아니라 어떤 의지의 표상으로 이 꽃이 우리 안에 각인된 것은 나라꽃이라는 이미지 때문일 것이다. 무궁화에게는 그것이 명예로운 훈장이 아니라 부담스러운 부채일 수도 있으리라. 이 꽃이 화사하고 강건하기까지 어떤 풍상을 견뎌왔는가를 우리는 기억해야 한다. 무궁화는 우리 역사의 아픈 생채기를 거름으로 먹고 피었다.

강물에 번지는 해의 어스름이 시월을 닮았다. 중천에서 서녘 하늘로 미끄럼을 타며 내려오던 해는 지금 딱 시월의 지점에 와 있다. 새벽을 여는 일출이 일월이라면 동구 밖에 환히 떠오른 해는 사월이며, 산마루에 높이 뜬 해가 칠월이면 서녘으로 기우뚱 몸을 숙이고 있는 지금의 해는 시월이다.

동백꽃, 붉고 시린 눈물

그렇게 기우는 해가 뿌려주고 가는 햇살이 어느 때 못지않게 따스하다. 부스럭부스럭 주머니를 뒤져서 오늘 가지고 나온 온기를 다 쓰고 가려는 듯 남은 해를 강 위에 죄다 뿌려놓았다. 강태공은 아까부터 그 해를 낚아 올릴 요량으로 해가 머무는 강물 위로 연신 낚싯대를 던지고 있다. 그러나 낚시에 걸리는 건 해가 뿌려놓고 간 은빛 피라미들뿐이다.

곧 잠자리에 들 채비를 하며 몸을 씻던 해는 깜짝깜짝 놀라기만 할 뿐 둥글고 미끄러운 해는 낚싯바늘에 좀처럼 걸리지 않는다. 유유자적.

아무도 서둘지 않는 가을이다. 강의 하구와 낙조와 강태공의 얼굴이 같은 색이다. 이렇게 발그레해지려고 그렇게 긴 겨울과, 그렇게 설레는 봄과, 그렇게 뜨거운 여름을 지나왔나 보다. 시월에는 모든 것이 붉게 물들며 떨어진다. 해도 강물도 나뭇잎도 우리들의 사랑도.

겨울

언젠가 낙동강 발원지인 강원도 태백에 가본 적이 있다. 창녕 남지의 강변 마을에서 태어난 나는 늘 그곳을 동경해왔다. 모든 동물은 제 태어난 곳을 그리워한다. 그 중에는 수만 리를 날아가는 수고를 마다 않는 새들도 있고, 온갖 고난을 무릅쓰고 제 태어난 물로 거슬러가 알을 낳고 죽는 물고기도 있다. 기세등등한 맹수였던 것들도 죽을 때는 제가 태어난 산기슭으로 돌아간다.

낙동강의 끝자리인 부산은 눈앞에 펼쳐진 바다가 있어 그 모천 (母川)을 잊고 살 때가 많다. 강물은 이 하구에 이르러 바닷물과 섞이기 전 흘러온 먼 시간을 반추하며 돌이킬 수 없는 시간 앞에 잠깐 몸서리를 친다. 그렇게 구부러지고 멈칫대며 강은 저 먼 바다로 나아간다.

그것은 물이 수락해온 즐거운 운명이었다. 넘실대며 춤추며 계속 나아가지 못한다면 그것은 물이 아닐 것이다. 진로가 막힌 물은 고이고 썩기 마련이다. 그 불우한 운명을 견디지 못해 미친 듯이 넘치고 발광할 것이다. 물은 나아가야 한다. 그렇게 흘러 먼 바다를 떠돌다가 모천으로 돌아오는 물고기처럼 어느 날 한줄기 시원한 소낙비로 돌아와야 한다. 하지만 지금 물도, 그 물 위를 미끄러져가야 할 배도 완강한 벽 앞에 갈 길을 잃었다.

12월. 이윽고 한 해의 마지막 지점. 하루의 끝과 한 해의 끝과 한 생의 끝은 그 의미가 다르지 않다. 한 생을 하루와 같이 절실하게 살고 하루를 한 생과 같이 풍요롭게 살 일이다. 기우는 해는 다시 뜨고 머지않아 1월은 다시 시작되며 우리의 생 역시 우주 어디에선가 새로운 옹알이를 시작할 것이다. 스러져가는 저 불빛들 속에 너와 나의 희로애락을 묻자. 찬란한 영광과 가슴 조였던 부끄러운 기억을 묻자.

흘러간 날들을 꽁꽁 동여매서 망각의 바다로 떠나보내야 할 시각
이다. 얼마나 많은 열망들이 있었던가. 미처 다 성취할 수 없었던 그
열망 때문에 너와 나의 지난 시간은 또 얼마나 감당하기 어려웠던가.
그러나 몇 걸음 물러선 지금, 그때를 되돌아보라. 그 열망들의 대부
분이 얼마나 가당찮은 것이었던가, 그것이 얼마나 우리를 무겁게 하
고 우리를 어둡게 하였던가.

등짐 지고 온 무거운 것들을 다 부려놓을 시각이다. 12월. 나와 네
가 떠메고 왔던 무거운 짐들은 동이 트는 대로 배들이 와서 먼 바다
로 실어 나를 것이다. 그래 그렇게 가거라. 그렇게 가서 더 큰 내일로
나아가는 꿈이 되어라. 훨훨 날아가 더 넓은 하늘이 되어라.

다시 봄

범어사 대웅전의 기와지붕을 바라보고 서 있는데 잠시의 침
묵을 깨트리며 풍경소리가 울렸다. 절집 처마 밑의 풍경은 범종과는
달리 사람이 아닌 바람이 소리를 낸다. 풍경을 건드리고 가는 바람은
누가 일으켰을까. 바람 한 점도 우연이 아니라면 그것은 오래 전의
전생 인연이 자신이 여기 와 있음을 알리는 징표일 것이다. 바람과
풍경의 도움을 받아 내게 온 그가 누구일까를 생각하는 사이 정말 누
군가가 옆에 와 있는 것처럼 옆구리가 훈훈해졌다.

그 풍경소리를 다시 듣기 위해 귀를 기울이고 있는데 푸드득거리

범어사 대웅전 앞 석등과 섬돌

는 새들의 날갯짓 소리, 몸 부비는 소리, 앙상한 가지 사이 새순 돋는 소리, 낮은 비행 끝에 땅에 살짝 내려앉는 흙 알갱이들의 소리가 들렸다.

도시가 내지르는 온갖 경적과 탄성의 아비규환에서는 아무 것도 듣지 못했는데 여기서는 그런 미세한 것들까지 잘 들린다. 고요하고 평화로운 산사의 소리들은 침묵보다 더 고요하고 평화롭다.

그리고 간밤에 내린 봄눈이 그 풍경소리를 다시 포근히 덮었다.

달맞이고개 너머 바다를 훔치다

    길을 가는 것은 발의 노동이다. 지난 세기, 머리의 욕망을 쫓아가느라고 발은 너무 고단했다. 발은 머리의 강압에 못 이겨 가고 싶지 않은 길을 갔고 가지 않아야 할 길을 갔다. 그렇게 마지못한 전진을 거듭하면서 하부의 발은 상부의 머리를 향해 뭐라고 불만을 터트렸겠지만, 좀 쉬었다 가자고 정중히 건의해보기도 했겠지만, 머리는 발의 멱살을 부여잡거나 등을 떠밀며, 때로는 채찍을 휘두르기도 하며 여기까지 왔다.

노천족욕

    나는 발이 가자고 할 때까지 길을 나서지 않을 작정이었다. 발이 제 스스로 후끈 몸이 달아올라 앞장설 때까지 어깨를 들썩이며 콧노래를 흥얼거릴 때까지 뭉근히 기다려볼 요량이었다. 그러다가 슬그머니 길 떠날 엄두를 냈다. 지난 부산아시아태평양정상회의 개최에 맞추어 개장한 동래온천 노천 족욕탕은 발에게 예의를 표하기에 맞춤한 곳이었다.

　오전 시간인데도 타원형으로 굽이치는 족욕탕은 사람들이 빼곡 들어차 있었다. 용머리 조형물에서 쉼 없이 온천수가 흘러내리고 있는 위쪽은 어르신들이, 그 중간의 폭이 넓은 탕은 중년을 넘긴 여인들과 어린아이들이 차지하고 있었다. 비집고 든다면 어떻게든 내 두 발 집어넣을 수야 있겠지만 일부러 아래쪽 물 빠지는 쪽에 자리를 잡았다. 원수의 온도가 섭씨 67도라는 온천수는 어르신들이 있는 위에서 내가 앉은 아래까지 서너 바퀴를 돌아오는 동안 발을 녹이고 피로를 풀기에 적당한 온도가 되어 있었다.

　양말을 벗고 두 발을 따뜻한 온천수에 담그고 주위를 둘러보니 같이 온 일행끼리, 우연히 마주앉게 된 사람끼리 정담이 오가고 있었다. 엉덩이를 받치는 방석과 마른 수건, 간식거리와 음료 등 만반의 준비를 갖추고 나온 단골 이용객들은 온천 족욕의 효능을 한껏 부풀러 설파하고 있었고, 입소문을 듣고 나온 첫 이용객들은 거기에 감탄을 연발하며 화답하고 있었다. 온천수에서 피어오르는 더운 김이 사람들을 감싸고 마지막 남은 겨울의 한기를 녹여내고 있었다.

　여러 사람들이 들이민 찬 발목을 다 녹이고 내려오느라 온천수의 열기는 내게 이르러 다소 식었지만 그래서 더더욱 귀한 온기였다. 많은 사람들의 차고 시린 발목을 쓰다듬고 주무르며 온 땀방울이 알알이 배어 있는 물이었다.

그렇게 발의 기운을 북돋우고 있는 사람들 사이에서 나는 경건한 평화를 느꼈다. 발에게 경배하는 하심은 상부에 자리한 머리를 위해서도 좋은 일일 것이다. 맹렬한 전진의 시대를 거치며 우리의 발은 차가웠고 머리는 뜨거웠다. 그 역행이 파생시킨 불상사가 오늘 우리가 당면하고 있는 여러 불협화음들이다. 겨울 끝자락의 바깥바람은 머리를 차게 했고, 지하 깊숙한 암반에서 솟구치는 온천수는 발을 따뜻하게 했으니, 길을 나서기에는 호사스럽고도 평온한 준비였다.

달맞이고개

부산 동래에서 동해로 가려면 달맞이고개를 넘는 것이 좋다. 재송동을 지나 벡스코 앞에서 해운대 신시가지로 통하는 고가도로를 넘어 송정터널을 통과하면 시간은 절약할 수 있지만 달맞이고개가 품고 있는 서정과 낭만을 놓쳐버리게 된다.

최종 목적지에 빨리 도달하고자 하는 인간의 열망이 만들어낸 결과물의 하나가 터널이다. 과정을 건너뛰고 과정을 묵살하고 과정을 짓밟고서라도 어서 결과에 도달하고자 하는 조급증이 만들어낸 터널은 바다를 건너고 하늘을 날고자 했던 상상력보다 더 비인간적이다. 만물의 영장이라는 인간이 어떻게 땅을 파고 다닐 생각을 했는지, 신령하고 영험한 기운이 있다고 오래도록 믿어왔던 산을 파고 들어갈 엄두를 냈는지 모르겠다. 터널을 지날 때마다 웅웅거리는 산의 신음

소리가 들리는 것 같다. 송정터널로 가는 고가도로를 버리고 해운대역을 지나 달맞이고개로 접어들면서 천성산 뭇 생명들과의 약속을 지키기 위해 곡기를 끊고 죽을힘으로 저항했던 지율스님의 가죽만 남은 얼굴이 떠올랐다.

해운대 해수욕장의 동쪽 끝 미포에서부터 이미 동해는 시작이다. 구불구불 바다를 끼고 언덕을 오른다. 달맞이언덕의 고갯마루에 있는 해월정은 해운대 바다 위로 휘영청 떠오른 달을 바라보기 위한 정자지만 환하게 솟는 해를 조망하기에도 좋은 곳이다. 물론 해운대 해안으로 밀려와 부서지는 파도와 저 먼 동남해의 수평선을 바라보기에도 그지없이 좋다. 해월정은 그렇게 해와 달을 동시에 끌어안고 때에 따라 그 중 하나를 적절히 보여주는 곳인데 양 극단을 관장하고 넘나드는 해월정의 위치는 해와 달의 정 중앙, 즉 그 경계지점일 것이다.

그뿐만이 아니다. 달맞이언덕은 도시와 탈도시의 경계이다. 바다를 바라보고 선 위치에서 오른쪽으로 내려서면 도시로 진입하는 길이고 왼쪽으로 내려서면 도시를 벗어나는 길이다. 그렇게 달맞이언덕은 오고 감의 경계가 되고, 뜨고 짐의 경계가 되며, 만나고 헤어짐의 경계가 된다. 그러나 그 둘은 다르지 않은 하나이다. 이쪽의 오고 감이 저쪽의 가고 옴이 되고, 이쪽의 뜨고 짐이 저쪽의 지고 뜸이 되면서 시시각각 서로의 자리를 바꾼다.

달맞이언덕을 넘어 도시를 벗어나고 있는 나는, 지금 무엇으로부터 벗어나고 있는 것이 아니라 오래전 무엇인가를 두고 떠나온 본향으로 돌아가고 있는 중이다. 몇 시간 후 나는 또 그 반대편 입장에서 이 달맞이고개를 넘고 있을 것이다.

달맞이고개는 일탈과 귀환을 손쉽게 시도하면서 여차하면 일상의 구심점 안으로 재빨리 복귀할 수 있다는 점에서 도시인의 속성에 가장 잘 어울리는 피난처이다. 달맞이고개 요소요소에 잠복한 듯 자리잡은 카페들은 도시의 익명성과 은둔을 보장해주는 동시에 출렁이는 바다의 생명력을 통해 해방과 일탈의 자유를 선사한다.

달맞이고개는 해안을 따라 구불구불하게 이어지는 드라이브 코스로 열다섯 번 굽어진다고 하여 '15곡도' 라고 불리기도 한다. 이 고개 위에 서면 오륙도와 동백섬을 오가는 유람선, 푸른 바다를 끼고 송림 사이로 지나가는 동해남부선 열차, 오징어잡이배의 집어등 불빛 등 다양한 풍광을 즐길 수 있다. 봄이 무르익으면 이 길 양쪽은 벚꽃 천지가 될 것이다.

포구

햇빛을 받아 반짝이는 바다의 은빛 윤슬을 오른쪽 옆구리에, 이국적인 분위기의 카페들을 왼쪽에 끼고 달리다 달맞이언덕의 오르막을 넘으면 아파트가 나타난다. 그 아래 오른쪽 길로 내려가 기찻길을 건너면 동해포구의 시작, 청사포다.

해변에서는 양식장에서 채취해온 미역을 자루에 담아 차에 싣는 작업이 한창이었다. 서울 수산물 시장으로 가는 트럭이라고 했다. 미역 채취선 한 척의 물량이 보통 100자루 내외라고 했다.

포구의 모습이 대부분 그러하지만 청사포는 저만큼 비켜서서 바라보면 모든 움직임이 한눈에 쏙 들어올 만큼 작은 항구다. 청사포 바다 위에는 미역 양식장에서 띄워 올린 부표들이 파도에 우쭐우쭐 춤을 추고 있었다.

청사포에는 어느 포구에나 있음직한 전설 한 토막이 있다.

옛날 금슬 좋은 젊은 부부가 살았다. 남편이 고기잡이를 나가 돌아올 때가 되면 아내는 바닷가에 나가 남편을 기다리곤 했다. 어느 날 남편이 탄 배는 좀처럼 돌아오지 않았다. 아내는 바닷가 바위 위에 서서 기다리다가 근처의 커다란 소나무 위에 올라가 머나먼 바다를 하염없이 바라보기도 했다. 그렇지만 배가 뒤집혀 사고를 당한 남편은 죽어 바다 속 용궁에서 살게 되었고, 거기서 세상을 바라보니 아내가 소나무 위에 올라가 자신을 애타게 기다리고 있었다. 가슴 저미는 안타까움에 남편은 용왕을 찾아가 아내를 만날 수 있게 해달라고 빌었다. 용왕은 그들 부부의 사랑에 감동하여 푸른 뱀인 청사(靑蛇)를 보내 부인을 데려왔고 부부는 용궁에서 다시 사랑을 꽃피웠다.

남편을 기다리다 못해 바다로 뛰어든 여인을 마을 사람들이 이렇게 미화했을 수도 있을 것이다. 지금의 청사포라는 지명은 이 전설의 청사에서 유래한 것이었는데 뒤에 뱀 사(蛇)가 좋지 않다고 모래 사(沙)로 바꾸었다는 설이 있다. 그 여인이 올라가 남편이 돌아오기를 하염없이 기다렸던 해안의 소나무를 망부송(望夫松)이라 이름 붙여

마을 보호수로 섬기고 있는데 그 생각을 하며 다시 보니 청사포에는 유난히 크고 작은 소나무들이 많았다.

청사포는 동해 포구의 최남단이어서 이 해안선을 따라 올라가면 구덕포, 대변, 일광 등으로 이어지지만 해안경비구역으로 그 길은 단절되어 있었다. 하는 수 없이 발걸음 돌려 다시 고갯길로 올라간 다음 남은 내리막길을 마저 달렸다.

달맞이고개를 넘어 송정해수욕장과 구덕포에서 만난 바다는 맑고 서늘했다. 도시의 구조물들 사이에서 보는 바다의 냄새와 빛깔이 유리벽이 가로놓인 무색무취에 가깝다면, 구덕포와 송정해수욕장에서 마주한 바다는 유리벽을 열어젖히고 만나는 살아 있는 바다였다.

횟집이 드문드문 들어서기는 했지만 구덕포는 바다가 지척인 조용한 포구이며 송정해수욕장은 고층 건물이 들어서지 않아 눈맛이 시원한 해변이다. 대신 저렴한 민박집이 많아 대학생들이 MT장소로 즐겨 이용하고 있어 고운 모래의 백사장을 거닐다 보면 그들의 깔깔대는 웃음소리를 어렵지 않게 만날 수 있다.

최종 목적지인 울산 장생포항까지는 송정에서부터 31번 국도를 따라가야 한다. 14번 국도를 타면 조금 더 빠르게 갈 수 있지만 그 길은 바다로부터 훨씬 멀어진다. 405번 지방도와 1090번 지방도는 31번 국도를 따라가다가 잠깐 한눈팔듯 돌아가는 길로 잡아두면 좋겠다. 곧게 뻗은 한 길을 따라가면 목적지에 빨리 닿을 수는 있겠으나 우연한 만남과 발견의 기쁨은 없을 것이다.

용궁사

  송정 바다를 지나 10여 분 달리다 용궁사 팻말을 만났다. 용
궁사는 그 역사를 거슬러 올라가면 꽤 유서 깊은 조계종 사찰이지만
송정과 대변항을 잇는 관광지로 더욱 유명해졌다. 거친 바위벽의 해
안을 깎아 세운 탓에 산중에 있는 고찰에서는 맛볼 수 없는 아름다운
경관이 있다. 이름 그대로 용궁의 보살들이 수시로 왕림할 듯한 분위
기다.

  이곳을 찾는 불자들은 무한한 자비의 화신인 관세음보살이 이런
바닷가 외로운 곳에 상주하며 용을 타고 화현한다고 믿고 있다. 1376
년에 공민왕의 왕사(王師)였던 나옹대사(懶翁大師)가 창건해 임진왜
란으로 소실되었다가 여러 스님을 거쳐 1974년 정암스님에 의해 해
동용궁사로 새롭게 창건된 절이다.

  절 입구에서 한 스님이 손을 들어 차를 세웠다. 태워달라는 줄 알
았는데 스님은 낯선 암자의 이름이 찍힌 봉투를 내밀며 노스님이 그
린 달마상이라며 시주를 부탁했다. 주차장에서 절 입구까지 가는 길
에 줄줄이 늘어서 있는 노점들과 마찬가지로 스님도 노점탁발시주
를 하고 있는 것 같았다. 절 가까운 곳이 아니면 만날 수 없는 풍경이
었다.

  용궁사로 내려가는 계단에 '백팔장수계단'이란 현판이 붙어 있었
다. 절의 지형적인 위치 때문에 내려가는 계단이 되었겠지만 이 백팔
계단은 상심이 아닌 하심을 발동하게 하는 계단이라는 점에서 의미

심장했다. 우리나라 대부분의 사찰이 산중에 위치해 있고 불국정토를 향한 염원을 담고 올라가는 계단이 있기 마련이지만, 용궁사의 내리막 백팔계단은 스스로를 낮추고 비우라는 하심의 길을 가리키는 것 같았다. 오체투지의 심정으로 한 걸음 한 걸음 그 계단을 밟아 내려갔다. 왼쪽의 푸른 바다와 힘찬 바위들이 그런 나의 하향을 격려해 주고 있었다.

일상의 오욕들을 씻어내기에 충분한 용궁사의 해안절경은 바라보는 때와 장소에 따라 여러 무늬의 진경을 선사한다. 수평선에서 떠오르는 장엄한 일출, 망망대해에서 밀려오는 파도와 노을, 바위에 부서지는 물보라, 휘영청 밝은 보름달, 물안개에 덮인 아침, 해 저문 석양에 울려 퍼지는 종소리……. 그 각각의 풍경들은 둘씩 셋씩 겹쳐지면서 더욱 진경에 가까워진다.

연화리

용궁사를 빠져나와 바다를 끼고 달리는 31번 국도를 따라 드문드문 횟집이 나타나고 그 사이 짚불곰장어 간판이 보였다. 언젠가 아는 이에게 이끌려 짚불곰장어집에 들어갔다가 무지막지한 조리법을 경험한 적이 있었다. 자리를 잡고 앉자 하얀 면장갑을 한 켤레씩 나눠줬는데, 그것을 손에 끼고 짚불에 통째로 구운 곰장어의 껍질을 손으로 훑어 양념에 찍어 먹으라고 했다.

그 후로 한동안, 이 근처를 지날 때면 짚불곰장어 간판만 보고도 몸서리를 쳐야 했다. 원시적일수록 더 큰 기운을 얻을 것이라는 믿음이 만든 조리법일 테지만, 문명은 문명대로 또 그 반대편의 자연은 자연대로 모두 다 제 것으로 가지려는 인간의 과욕이 아닐까 싶었다.

차는 곧 대변 연화리에 닿았다. 겨울의 뒤끝이어서 해녀들이 직접 물질한 것들만 판다는 해산물들은 한층 싱싱해 보였다. 분주하게 성게를 까는 좌판이 여기저기 벌어져 있었고, 바다 냄새가 물씬 풍기는 굴, 전복, 가자미, 미역, 붕장어 같은 것들로 풍성했다.

연화리 해녀촌의 포장 노점들이 제각기 내걸고 있는 옥호들이 재미있었다. 은주엄마, 쌍둥이엄마, 손큰할매, 정주할머니, 첫집할매, 현씨아줌마, 조씨아줌마……. 하나같이 가족의 울타리를 느끼게 하는 이름들이었다. 조선의 여인들, 특히 바다를 업으로 삼아 연명했던 포구의 민초들에게는 남녀를 불문하고 자기 이름 석 자는 거추장스러운 장식에 불과했을 것이다. 내일을 기약할 수 없는 바다의 풍랑과 맞서야 했던 남정네들이나 그런 남자들을 목이 빠져라 기다리며 험한 물질을 나갔던 여인네들에게 자신의 삶은 없었다. 부모, 아내, 남편, 형제자매, 자식으로서의 의무만 있었다. 그들의 힘겨운 노동을 버티게 한 힘은 가족이었다.

"뭐 적노?"

잔뜩 경계심이 붙은 표정으로 방수치마를 입은 한 여인이 다가와 물었다.

"간판들이 재미있어서요."

"그기 뭐가 재밌다고 그라노."

심드렁하게 말대꾸하는 초로의 여인을 뒤로 하고 나는 대변항 이곳저곳을 기웃거리며 걸었다. 대변은 출렁이는 어업의 포구였다. 그윽이 바라보는 서정의 바다가 아니라 불끈불끈 근육이 솟고 심장이 뛰는 바다였다. 이제 곧 4월, 이 포구는 멸치의 은빛 파동으로 넘쳐날 것이다. 싱싱한 생멸치의 파닥임에서부터 쿰쿰하게 젓갈로 삭아가는 냄새, 연탄불에서 익어가는 멸치의 냄새도 맡을 수 있을 것이다.

그렇게 멸치는 이 포구의 인생들과 닮은꼴이다. 때로는 팔팔한 생동감으로, 때로는 곰삭은 세월의 무게로, 때로는 꼬들꼬들 말라 웅크린 인내의 힘으로 머리끝에서 발끝까지 한 점 남김없이 자신을 내어준다. 4월의 이른 아침에 이 포구에 닿는다면 그물을 잡아당기며 부르는 어부들의 멸치후리소리도 듣게 될 것이다.

용왕님 은덕으로 메러치 풍년 돌아왔네
산은 첩첩 천봉이요, 물은 잔잔 백옥인데
꽃 피고 봄이 오니 메러치 풍년이 아닐쏘냐
십오야 둥근 달이 삼경인들 변할쏘냐
똘똘 뭉친 우리 어부 일구월심 변할쏘냐
만경창파 푸른 물에 메러치떼가 몰려오네

대변을 벗어나 칠암으로 가는 길에 물질을 마치고 돌아가는 해녀들을 보았다. 그들은 이미 나이가 많은 할머니들이었다. 몸에 짝 달라붙는 해녀복이 드러낸 울룩불룩한 군살과 굽은 등과 흰 다리로 바다에서 건져 올린 것들을 다라이에 담아 이고 열심히 걸음을 재촉하고 있었다.

그들은 러브호텔 앞을 막 지나가고 있었는데, 마침 장막이 드리워진 러브호텔 주차장에서 한 젊은 여인이 운전하는 차가 불쑥 도로 쪽으로 머리를 디밀었다. 그러나 해녀들은 잠시의 주저도 없이 서너 걸음의 보폭을 두고 한 줄로 그 차 앞을 지나쳐 갔다. 그렇게 그들은 불륜의 해안선을 당당하게 넘어가고 있었다.

간이역

자동차로 동해에 이르렀으나 이 길은 사실 기차를 타야 제격이다. 운전 때문에 풍경을 놓칠 필요가 없으므로 잘 보고 잘 주워 담기에 좋고, 어느 길은 자동차가 가지 못하는 바다의 근거리까지 바짝 붙어 달리므로 파도소리나 해풍을 한 아름 품에 안을 수도 있다. 자동차를 가지게 되면서 잃어버린 것이 있다면 풍경과의 섬세한 교감일 것이다. 핸들을 쥔 상태에서는 잘 해야 떠날 때 예상했던 테두리 안의 풍경들을 만날 뿐이다.

도시에 살며 빠지기 쉬운 함정이 기차의 존재를 잊고 산다는 것이다. 주말에 동해 바다까지 자동차로 두어 시간이 걸리는 길도 기차로는 한 시간이면 족하다. 그런데도 기를 쓰고 차를 가지고 나온다. 숨가쁘게 반복되는 도시 일상이 우리를 그처럼 우둔하게 만든다.

　차창 너머 옆구리를 서늘하게 스치고 가는 바다, 소나무 숲이 나타 났다가 밀물처럼 빠지면 바다가 불쑥 다가오고, 다시 노송 두어 그루 의 늘어진 가지가 차창을 훑고 가는 간이역.

　속도의 관성에 의지했던 몸을 잠시 풀어놓기에 그지없이 좋은 풍경이다. 나는 하루 만에 곳곳을 다 돌아볼 욕심으로 기차 탈 엄두를 내지 않았던 것을 잠시 후회했다. 월내역이나 일광역, 그리고 기장역 에서 무작정 내려 거닐다가 돌아갔던 기억이 떠올라 칠암 지나 잠시 바다를 버리고 좌천역 방향으로 차를 돌렸다.

　전원주택처럼 작고 아담한 역사의 좌천역은 예닐곱 명이 짐을 내려놓고 서면 꽉 찰 것 같은 대합실을 가지고 있었다. 매표소 너머 역무실이 환히 다 들여다보이는 것이 마치 시골집을 찾아 든 것 같은 분위기였다. 열려 있는 개찰구를 통해 몇 걸음 나서자 바로 철길이 었다.

　늙수그레한 역무원에게 말을 붙였더니, 좌천역은 1934년 지어 2005년 개축했는데 더 고풍스런 역을 보고 싶으면 동해남부선의 가 장 오래된 역사인 남창역으로 가보라고 했다. 상하행 각각 9~10편의 열차가 서는 좌천역 부근은 마침 4일 9일 열리는 좌천장날이어서 사람들로 술렁였다.

　좌천을 빠져나오며 나는 다 내려 보지 못한 동해남부선의 역을 하나하나 되뇌어보았다. 부전-거제-동래-수영-해운대-송정-기장-일 광-좌천-월내-서생-남창-덕하-선암-울산-효문-호계-모화-입실-

죽동-불국사-동방-경주-나원-청령-사방-안강-양자동-효자-포항. 그 역들은 길게 목을 빼고 어느 날 불쑥 내가 찾아들기를 기다리고 있을 것이다.

간절곶

　　1090번 지방도를 달려 당도한 서생 간절곶은 우리나라는 물론 동북아시아에서 가장 먼저 해가 뜨는 곳이다. 그렇지만 해가 가장 먼저 뜬다는 그 사실 여부는 크게 중요하지 않을 것이다. 해는 나날이 새롭게 생성되어야 할 희망의 다른 이름이어서, 해가 늘 그 자리에 있다면 희망 역시 참으로 진부하고 보잘 것 없는 것이 되고 만다. 절망이 없다면 희망도 없고, 서편으로 넘어가는 해가 없다면 동녘을 밝히는 찬란한 광명을 기다릴 필요도 없다. 어제보다 오늘이 나을 것이라는 희망을 가진 이의 눈에 비친 해는 어느 자리에서 보든 그것은 가장 먼저 뜨는 해이다.

　간절곶의 바다는 확 트여 있어서 일출을 보기에 더없이 좋은 조건이었다. 지난 한 해의 묵은 먼지를 털어내며 밤을 달려온 사람들로 간절곶의 신새벽은 해마다 술렁였을 것이다. 그들이 바다를 향해 날리고 간 염원들이 오후의 햇살로 반짝이고 있었다. 간절곶 등대에는 관광객들이 묵어갈 수 있는 숙박시설이 갖추어져 있어 언제라도 여유 있는 해맞이를 할 수 있다.

간절곶은 먼 바다에서 바라볼 때 긴 간깃대처럼 보인다고 해 붙여진 이름이라지만 나는 해와 바다를 향해 날려 보낸 사람들의 간절한 소망이 점철된 이름이 아닐까 하는 생각을 했다. 그런 생각은 곧 풍선처럼 부풀어 올라 한동안 잊고 있었던 것들이 간절하게 그리워졌다. 여정이 만든 여백 안으로 그동안 밀려나 있던 지난 추억들이 밀물처럼 밀려들어왔다.

간절곶은 간절하다. 해안에는 어머니가 어린 두 딸의 손을 잡고 먼 수평선을 바라며 선 모자상과 바다를 향해 한쪽 팔을 치켜든 남자상이 나란히 서 있었다. 그 석상들은 신라충신 박제상이 1600여 년 전, 일본에 볼모로 잡혀간 왕자를 구하러 가 죽자 그 부인이 지아비를 기다리다 돌이 되었다는 설화를 바탕으로 제작된 것이었다. 주먹을 불끈 쥐고 끝없이 나아가고자 하는 남성성과, 가슴을 조이며 이제 그만 돌아오라고 비는 여성성을 대변하고 있는 형상들이었다. 몇 걸음 앞 해안선 바위 위의 〈추락위험〉 표지판이 그런 남성성의 질주를 경고하는 문구처럼 느껴졌다.

간절곶을 벗어나자 언뜻언뜻 스치던 해안선은 곧 시멘트벽 뒤로 숨어버렸고 횟집과 숙박업소들도 자취를 감추었다. 거대한 콘크리트 건물들이 양쪽으로 길게 도열해 있었다. 온산공업단지였다.

공장의 굴뚝에서 뿜어낸 검은 연기가 구렁이처럼 꿈틀대며 하늘로 기어오르고 있었다. 매캐한 공기 때문에 차창을 올려야 했다. 제지, 기계, 제련, 석유화학 공장 굴뚝 한편으로는 가동을 멈춘 굴뚝들도 드문드문 눈에 뜨였는데 그 침묵이 더 을씨년스럽게 느껴졌다. 한참을 달려도 사람은 보이지 않고 공장굴뚝만이 가쁜 숨쉬기를 하는 공단지역에서 나는 조금 전 간절곶 해안에서 보았던 〈추락위험〉 경고판을 떠올렸다.

온산공단은 1970년대 중반 중화학공업 육성정책의 일환으로 비철금속업종을 수용하기 위해 조성되었는데 80년대 초 집단적으로 공해병이 발생하면서 인근 주민들이 치료가 불가능한 전신신경통, 전신마비 등의 증세를 보여 심각한 사회문제가 된 바 있다.

바다를 따라온 길은 공교롭게도 거기서 끊겼다. 가도 가도 끝이 없을 것 같은 굴뚝과 공장들 사이를 지나며 오늘 하루 바다에서 충전한 에너지가 빠르게 소진되는 것을 느꼈다.

고래

최종 목적지인 장생포항에 닿은 것은 해질 무렵이었다. 한때 우리나라 고래잡이의 전진기지였고 앞바다에서 귀신고래가 출몰하기도 했다는 장생포항은 항구에 닻을 내린 크고 작은 어선들을 품은 채 한적한 분위기였다. 항구를 바라보며 늘어선 횟집들이 불을 밝혀놓지 않았더라면 평범한 작은 포구쯤으로 지나치고 말았을 것이다.

1986년 고래자원의 급격한 감소를 막기 위해 상업포경이 금지되면서 장생포항은 요동치는 박동을 멈추어버린 것이지만 한때의 영화를 잊지 않으려는지 항구에 머리를 디밀고 있는 배들의 자세는 위풍당당했다.

불현듯 폭압의 시절 송창식이 불러 히트했던 노래 〈고래사냥〉이 떠올라 몇 소절을 흥얼거려보았다. 완행열차를 타고 동해바다로 고래 잡으러 가자는 다소 선동적인 노랫말 속의 고래는 그 시절 갈구하던 자유의 다른 이름이었을 것이다. 완행열차를 타고 오지는 않았지만 동해를 따라오며 줄곧 내 속에서 요동치며 솟구쳐 올랐던 것도 고래처럼 솟구치는 자유였다.

장생포항의 어부와 장사꾼들은 고래를 바다에서 건져 올리는 산삼이나 로또복권쯤으로 여길지 몰라도 종 보존을 걱정해야 하는 지금, 고래는 경제적 가치가 아닌 문화적 가치로 떠올라 있다. 이제 고래는 단순한 먹거리가 아니라 오대양을 넘나드는 크고 늠름한 기상의, 우리가 회복해야 할 꿈과 자유의 표상이 되었다. 고래만큼 크고 힘차게 바다 위를 솟구칠 것이 또 무엇이 있겠는가.

2005년 4월 개관한 장생포고래박물관은 포구의 중간쯤에 있었다. 입구에 새끼고래 둘을 양쪽에 거느린 어미고래의 석상이, 그 너머 5층 규모의 고래 박물관이, 그 왼편에 1977년 건조되어 1985년까지 조업을 했다는 포경선 제6진양호가 있었다.

바다에 떠 있지 않은 그 배는 포승에 묶인 듯 답답해 보였다. 제 안의 동력을 다 소진하지도 못하고 뭍으로 끌려 올라왔을 포경선은 먼 대양을 누볐던 기억 저편의 영화를 생각하며 오늘의 박제된 삶을 견디고 있을 것이다.

나는 그 배의 등을 떠밀며 바다로 나아가고 싶었다. 저 멀리 북태평양 남대서양 망망대해를 떠돌며, 흰줄박이돌고래 귀신고래 긴수염고래 애기참고래와 같은 이름들을 소리쳐 부르며, 먼 바다로, 더 먼 바다로 나아가고 싶었다.

아침의 거리

부산의 아침은 어디에서부터 밝아올까. 동해안을 따라 형성된 여러 해맞이 명소들이 떠오르기도 하지만 그런 곳에서 맞는 해는 엄밀히 말해 부산의 해가 아니다. 늘 바라보는 하늘에 떠오른 해, 우리 집 동창 밖을 붉게 물들이는 해, 높고 낮은 건물과 이웃들의 지붕 너머로 떠오른 해가 진정한 부산의 새아침이다.

부산의 아침은 그렇게 서면에서부터 밝아온다. 대자연의 아침이 이슬을 머금은 숲속 새들의 지저귐으로 온다면 부산의 아침은 갓 피어난 청춘들의 분주한 발걸음이 이어지는 서면에서부터 온다. 차가운 겨울바람을 뚫고 환하게 솟은 얼굴과 갖가지 모양의 옷차림에서 온다. 서면에 가면 그렇게 아침을 여는 청춘들이 있다.

서면은 부산의 가장 중심 되는 곳이다. 부산의 어느 길로도 통하게 되어 있는 사통팔달의 입지적 조건이 그러하고, 청소년층에서 노인층에 이르기까지 세대를 불문하고 오가는 사람들의 활달한 발걸음이 있어 더욱 그렇다. 오늘의 신세대들에게 서면은 자신들의 열정과 욕망을 마음껏 발산해보는 곳이며, 기성세대들에게는 지나간 젊음을 반추하고 복구해보는 곳이다. 서면에는 모든 세대가 향유할 수 있는 문화가 권역과 층위를 달리 하며 공존하고 있다.

서면의 신세대문화는 지하상가와 쥬디스태화 주변에 집중적으로 포진해 있고 기성세대문화는 영광도서와 복개천, 서면시장통 주변, 문화관광호텔 뒤쪽에 포진해 있다. 그 수나 면적에 있어서 물론 신세대가 기성세대를 압도하고 있는 것은 사실이지만 그 두 문화 양상은 별 충돌 없이 오랜 기간 동안 잘 공존하고 있다.

얼마 전 동료들과 복개천의 한 호프집에 무심코 들어갔다가 입구와 중앙의 빈자리를 두고 계단 밑의 구석자리로 안내된 적이 있었다. 종업원에게 저 앞의 넓은 자리를 두고 왜 이리로 안내하느냐고 했더니 그는 난감한 표정을 지으며 '여기는 젊은 사람들이 많이 오는 곳'이라고 양해를 구했다. 벌써 우리가 젊은 사람들을 불편하게 할 나이가 되었나 싶어 기분이 상한 우리는 그 가게를 나오고 말았는데, 안녕히 가시라는 종업원의 인사가 들어올 때보다 더 경쾌하고 홀가분하게 들렸다. 오랜 세월동안 형성된 세대 간 권역을 잘못 짚고 들어서면 이런 낭패를 당하기 십상이다.

서면이란 말은 조선시대 동래군 서면의 행정지명에서 연유한 것인데 지금의 전포동 부전동이 여기에 포함된다. 지역적인 범위는 남쪽 한계에 범내골로터리를, 북쪽 한계에 우암선 철로를, 서쪽 끝에 개성중학 옆의 동해남부선 굴다리를 두고 있다. 명확한 행정적 구분이 아니므로 옛 서면로터리 부근을 서면으로 설정하는 것이 무난할 것이다.

한 집계는 서면을 거쳐 가는 인구를 하루 100만여명으로 잡고 있는데 그 유동성 때문에 서면은 부산 최대상권을 자랑하는 소비 1번지로 꼽히고 있다. 대형 매장들이 서면 곳곳에 포진하면서 그런 추세는 더욱 가중되고 있는데 백화점에 롯데와 쥬디스태화, 의류매장인 지오플레이스 밀리오레 네오스포, 할인매장인 까르푸 아람마트 서원유통 등이 속속 문을 열면서 앞서거니 뒤서거니 서면의 거대한 소비문화를 주도하고 있다. 이와 함께 간선도로와 이면도로는 물론 좁은 골목 안에까지 빼곡히 들어찬 크고 작은 상점들에서 취급하는 상품들과 먹거리들은 보는 이의 감각을 자극하고 유혹한다. 서면에서 돈을 한 푼도 쓰지 않고 눈요기만 한다는 것은 이제 거의 불가능한 일일 것이다. 그만큼 서면의 소비문화가 쳐놓은 그물은 빈틈이 없고 매혹적이다.

그렇다고 서면을 유통과 소비만 있는 곳으로 낮추어 보아서는 안된다. 다소 산발적인 감이 없지는 않지만 서면에는 오래 축적된 기성문화와 새롭게 태동한 신세대문화의 물결이 쉼 없이 교차하고 있다. 모든 문화산업의 근간이라 할 만한 서점의 역사만 보아도 청학서점의 뒤를 이어 영광도서 동보서적 등이 오랜 전통을 이어오고 있고 그전에는 복개천과 대한극장 주변에 적지 않은 헌책방들이 있어 가난한 독서광들에게 읽을거리를 제공해주었다. 또 좀 거슬러 올라가면 리어카에 책을 펴놓고 팔던 노점상도 이 서면거리에 많았다.

음악실과 영화관의 뿌리도 깊다. 찻집을 겸한 음악실들이 80년대

나무를 가까이 하니
하늘선이 살아난다

2007 (서명)

서면로터리

중반까지 꽤 있었고 그 중에는 천우장 뒤편의 예전음악실과 같이 매월 시낭송회를 주최했던 곳도 있었다. 부산의 시인들뿐만 아니라 타 지역의 주목받는 젊은 시인들을 초대하고 몇 차례의 시행위전을 가진 바도 있다.

영화관은 서면로터리 앞의 북성극장을 비롯해 쥬디스태화로 바뀐 태화극장, 동보서적 개관 이후 규모가 축소되었다기 폐업한 동보극장이 있었다. 부전시장 쪽 대로 상에 있던 2본동시상영관 노동극장은 주머니 사정이 어려웠던 학생과 노동자들이 단골 고객이었고 이밖에도 한때의 소극장 붐을 타고 빌딩 일부분을 개조해 영업하던 소영화관들이 몇 군데 있었다. 그 이후에 들어선 깔끔한 새 단장의 대한시네마와 은아극장이 태화 동보극장의 빈자리를 채웠고, 지금은 CGV서면과 롯데백화점 내 멀티플렉스극장, 밀리오레 안의 메가박스 등이 부산의 영화산업을 새롭게 주도하고 있다.

이와 함께 최근에는 신세대 문화양식들이 속속 들어서고 있기도 하다. 쥬디스태화 뒤편과 먹자골목 등에 록 힙합 테크노 재즈 카페들이 자리를 잡아가고 있다. 또 전시 공간도 공간화랑, 롯데백화점 내 롯데화랑, 쥬디스태화 내 원앙아트홀, 동보서적과 영광도서 내의 화랑, 여여갤러리, 지하철 1호선과 2호선 개찰구 사이의 경신문화홀 등으로 다양하다. 특히 경신문화홀은 소극장과 갤러리를 겸한 형태로 부산교통공단이 서면 지하철권의 문화공간 확보를 위해 지하상가 임대조건으로 확보한 곳이다. 순수예술의 대중화를 목표로 무료개방하고 있다.

은행들이 운집해 있고 첨단의 오락기기들이 현란한 기계음을 내는
가 하면, 최고급 카페와 식당, 허름한 재래시장의 돼지국밥집 포장마
차 칼국수집이 공존하는 곳 서면. 지하와 지상과 고층 매장들이 겹겹
이 포개어져 제 형편에 맞는 고객들을 시시각각 유혹하고 있는 서면
을 한 바퀴 돌아보는 일은 그 자체로 하나의 신나는 세상구경이다.
그런 서면에서는 되도록 빨리 걸어야 한다. 진열장을 살피느라 잠시
멈추거나 느릿느릿 팔자걸음을 걷다가는 노땅 취급을 받기 쉽다.

서면의 지상구간 중에서도 롯데백화점과 쥬디스태화 앞은 젊은이
들이 모이고 흩어지는 전략적 요충지다. 이 두 개의 요새는 자신들이
사는 거처에 따라 형성된 것이기도 하고 소비하고자 하는 종목들의
내용에 따라 나누어진 것이기도 하다. 그들이 어디에서 약속을 정하
느냐는 앞으로 어느 방향을 공략해갈 것인지를 염두에 둔 결정이다.
이를테면 롯데백화점 앞을 근거지로 한 젊은이들은 서면시장과 영광
도서 쪽으로 진격해갈 것이고, 쥬디스태화 앞의 젊은이들은 대한시
네마와 동보서적 쪽으로 이동해갈 것이다. 그들은 그렇게 만나 오늘
의 공격 목표와 전략을 정한다. 그들의 실탄은 돈이고, 전의는 젊음
이며, 목표는 먹고 소유하고 발산하는 모든 것이다.

이것이 서면 지상에 건설된 젊은이들의 전진기지라면 지하의 전진
기지는 롯데백화점 앞의 지하공간이다. 지하철 1·2호선이 교차하는
이곳은 약속 장소로는 더할 수 없는 입지조건을 갖고 있다. 1호선과
2호선에서 내린 사람들과 지상에서 지하로 잠입한 젊은이들로 북적
대는 저녁 시간에는 통행이 힘들 정도이다. 여기에서 그들은 오늘 쓸

탄환을 장전하고 그 총알들을 소비할 목표물을 정한다. 활달하고 풍만한 청춘을 즐기고 있는 그들이 아름답고 부럽다.

서면의 사통팔달은 유월항쟁 때 그 진가를 톡톡히 발휘한 바 있다. 사방에서 촉발한 시위대를 엄청난 인파로 결집시킨 곳이 서면이었다. 백골단의 진압 작전에 쫓기던 시위군중들을 순식간에 분산시켜 도망가게 했고, 노도처럼 사방에서 밀려든 군중이 진압대를 로터리 안에 가두기도 했었다. 그때 그 길을 따라가며 눈물 콧물을 찍어내던 기억이 새롭다.

그 시절 세계에서 제일 긴 공중변소라 부르며 오줌을 갈기던 옛 부산상고 담벼락에 얼굴을 묻고, 우리는 이 지긋지긋한 시간으로 다시는 돌아오고 싶지 않다고 중얼거리곤 했었다. 그렇게 무수한 젊음들이 서면을 배신하고 갔을 텐데도 서면의 아침은 지금 다시 샘솟고 있다. 이제 막 둥지를 박차고 나온 젊은이들이 눈을 반짝이며 그 새로운 샘으로 모여들고 있다.

중장년층의 해방구

온천장은 부산에서 성장기를 보낸 중년 이상의 세대들에게는 여러 가지 풍경들을 떠올리게 하는 공간이다. 으뜸가는 가족 나들이 장소로, 연인과의 데이트 코스로, 친구들과의 약속장소로 아름답게 남아 있다. 1960년대 중반쯤 부모님의 손에 이끌려 전차나 시발택시를 타고 가던 온천장은 가슴이 무척 설레던 나들이 길이었다. 그때만 해도 부산의 중심은 동래였고, 동래 중에서도 온천장이었다. 그것은 아마도 금강공원과 온천이 있었기 때문에 가능했을 것이다. 그러므로 온천장에 간다는 것은 금강공원에 소풍을 가거나 온천탕에 목욕을 하러 가는 것을 의미했는데 억세게 재수가 좋은 날은 그 둘을 다 맛보기도 했다. 또 아주 가끔은 시장에서 국수나 파전을 사 먹을 때도 있었는데 그런 특별한 군것질은 다 해야 몇 차례 되지 않았던 것 같다.

그러나 그게 뭐 대수랴. 그 궁핍의 순간들이 오히려 아름다운 기억으로 지금까지 남아 있지 않은가. 정말 아닌 게 아니라 요즘같이 온갖 맛있는 것을 배부르게 먹고 또 남기기까지 하는 소풍은 기억 속에서 쉽게 잊혀질 것 같다. 배는 좀 고팠지만 그때의 궁핍은 궁핍이 아니었고, 배는 좀 부를지 몰라도 지금의 풍요는 풍요가 아닐 것이다.

온천장과 금강공원을 생각하면 가족이라는 낱말을 떠올리게 되고 그 가족이라는 말 안에는 훈훈하고 든든한 공동체의 삶이 있었다. 핵가족을 넘어 가족 안에서도 개인주의가 팽배해졌고 그것을 우리는 별다른 저항 없이 받아들이고 있다. 오히려 그런 파편화된 삶의 방식을 즐기고 있는 측면도 없지 않다.

금강공원을 한 바퀴 둘러보며 가장 먼저 떠오른 생각들이 그런 것이었다. 이십 년 전쯤의 기억을 더듬어 보면 공휴일의 금강공원은 자리를 펴고 앉을 곳을 쉬 찾을 수 없을 만큼 붐볐다. 일가족이 둘러앉아 준비해간 김밥이라도 먹으려면 이곳저곳을 기웃거리며 한참을 올라가야 자리를 잡을 수 있었다. 그러나 지금의 금강공원은 한창 색색의 꽃들이 피어나고 있는 봄날인데도 크게 붐비지 않았다. 등산복 차림의 중장년층이 많았고 한 가족이 소풍을 나온 경우도 취학 전의 어린아이를 데리고 나온 경우가 대부분이었다.

얼마 전 한 동료로부터 들은 이야기가 생각났다. 대학에 갓 입학한 딸을 데리고 모처럼 외식이라도 하려고 나섰다가 딸이 이런저런 트집을 잡으며 계속 짜증을 부리는 바람에 모처럼의 외출이 불편한 분위기로 끝났다는 것이었다. 정도의 차이는 있겠지만 요즘 성장한 자녀를 둔 부모들은 가족 소풍이라도 하려면 자녀들을 온갖 미끼로 유혹해야 한다. 용돈이나 아주 근사한 외식이나 영화 관람과 같은 구미 당기는 프리미엄이 있어야 하루쯤 부모들과 놀아준다. 며칠을 두고

전에 막걸리

한 사발 -, 온몸을

기려 단

금강공원

부모들을 졸라서 가족 소풍을 나서던 예전과는 완전히 상황이 역전된 것이다.

그 아이들을 부산대 앞이나 서면 쪽으로 다 빼앗겨버리고 온천장은 이제 장년의 거리가 되었다. 장년은 돈을 벌고 청년은 돈을 쓴다. 돈을 쓰는 청년들이 빠져나간 온천장의 상권은 그래서 쇠락해 보인다. 대형 매장이었던 스파쇼핑이 문을 닫았고 인근의 세원백화점도 문을 닫았다. 한때 즐비했던 돼지갈비 골목에는 칼국수집이 하나둘 들어섰고 성시를 이루었던 온천시장은 드문드문 문을 닫은 가게들이 보였다.

시골에서 친척이 오면 삼삼오오 손을 잡고 와 온천과 금강공원 놀이시설을 즐기고 동물원 구경에 나서던 시절, 이곳은 시끌벅적한 잔치마당이었다. 공원으로 들어서는 길목 양쪽으로 자리 잡은 장사꾼들과 노점상도 그렇지만 시장 안의 풍경도 걸쭉한 축제 마당이었다.

금강공원은 신라 때부터 작은 금강산처럼 경관이 빼어나다 하여 소금강으로 불렸는데 그 말이 그대로 전해 내려온 것이다. 많은 문화재와 사적, 각종 체육시설이 산재해 있고 부산민속예술보존회의 정기공연 등이 열려 남녀노소 누구에게나 즐거움을 주는 곳이다.

금정산 능선의 남단에 위치한 금강공원 옆에는 금강식물원이 자리 잡고 있다. 부산의 식물원 중에서 가장 규모가 큰 곳으로 우리나라 자생식물에서부터 세계 여러 나라의 식물 수만 종이 온실과 야외에서 자라고 있다. 사시사철 번갈아가며 형형색색의 싱그러운 꽃과 잎을 피워내는 풍경 때문에 사진촬영대회 사생대회가 자주 열리고 결혼을 앞둔 예비 신랑 신부들이 웨딩사진을 촬영하러 자주 찾는 곳이다. 때마침 웨딩드레스를 길게 늘어뜨린 예비 신부와 검은 예복을 입은 예비 신랑이 갖가지 포즈로 사진을 찍고 있었는데 가수 안치환의 노래 가사처럼 정말 그들은 꽃보다 아름다웠다.

온천장이 관광명소가 된 것은 삼국시대로 거슬러 올라갈 정도로 역사가 깊다. 온천장이 유명해진 것은 물론 온천 때문인데, 일제 때 특히 번성해 온천지역이 넓어지고 동네 지명도 온천장으로 굳어졌다. 일찍이 고려 때의 이규보는 동래온천을 이렇게 노래한 바 있다.

> 유황이 수원에 녹아 있다고 믿지 않았고
> 도리어 양곡에서 아침해를 목욕시키는 것인가 하였네.
> 땅이 외져서 양귀비가 더럽히는 것을 면하였으니
> 길손으로서 잠시 멱감아 보면 어떠하리.

유황성분의 온천을 신기하게 생각하고 그 좋은 온천이 국토 남단의 외진 동래에 있어서 많은 사람들에 의해 오염되는 것을 면하였다고 노래한 대목이 재미있다. 지금은 수온이 많이 낮아졌지만 동래온천은 원래 섭씨 55도 정도로 매우 뜨거웠다. 약식염천으로 위장병 피부병과 각종 외상의 후유증에 좋은 효과를 보았다고 한다. 동래온천의 효과를 짐작하게 하는 전설 한 토막이 있어 소개한다.

신라 때 이곳 외진 곳에 살며 다리를 다쳐 거동이 불편한 할머니가 한 분 살고 있었다. 어느 날 불편한 몸을 이끌고 집 근처 밭에 김을 매러 나갔는데 학 한 마리가 자신처럼 다리를 다쳤는지 절뚝거리며 돌아다니고 있었다. 사람을 보고도 달아나지 못하는 그 모습을 보고 할머니는 '너도 네 처지와 같구나' 하고 혀를 찼다. 그런데 학은 한 곳에서 자리를 잡더니 오랫동안 움직이지를 않았다. 사흘째 계속 그런 모양으로 있던 학은 더 이상 다리를 절지 않고 힘차게 날아갔다. 할머니가 신기해하며 그 학이 앉았던 자리에 가 보니 뜨거운 샘물이 솟고 있었다. 할머니도 거기에 며칠 동안 다리를 담그자 아픈 곳이 나아 편하게 걸을 수 있게 되었다. 그 효능이 사람들의 입에서 입으로 전해져 동래온천은 임금이 다녀갈 정도로 유명해졌다.

이와 같은 전설을 갖고 있는 동래온천은 1691년 숙종 때 동래부사 강필리가 9칸짜리 욕사를 지었는데 그 공을 기려 1766년 영조 때 세운 온정개건비가 녹천탕 남쪽 10여 미터 지점에 남아 있다. 동래부지 산천조에는 '그 열이 계란을 익힐 만하고 병자가 이곳에서 목욕을 하면 빨리 나아 신라 때에는 왕이 여러 번 행차했다'는 기록도 있다.

금강공원의 가족 나들이가 퇴색하고 주위의 변화하는 상권에 사람들을 뺏기면서 중장년층의 유흥가로 바뀌고 있는 온천장 거리를 여기저기 서성여보았다. 그 거리의 풍경들은 옛 모습을 제대로 지키지도 못하고, 새 시대의 변화하는 속도를 따라잡지도 못한 채 다소 엉거주춤한 분위기로 서 있었다. 온천과 등산로, 유흥업소와 요식업체를 잇는 중장년층의 거리로 본격 개발해 나간다면 새로운 명소로 거듭날 수 있을 것이다.

옛것들의 축제

   부산진시장과 평화시장 자유시장 등이 자리한 구 조방터 거리는 부산의 중심에 드는 위치지만 여전히 예스런 분위기가 남아 있는 곳이다. 반도 끝의 작은 포구에 지나지 않았던 부산이 이만한 위용을 갖추게 된 데는 오대양을 향해 열린 국제항으로서의 입지가 큰 역할을 했겠지만 동란과 산업화를 거치면서 급성장한 역사적 배경 또한 간과할 수 없다. 불과 몇 년 사이에 새 길이 생기고 이중 삼중의 고가도로들이 들어서고 높은 빌딩들이 우후죽순 솟는 바람에 자칫하면 방향을 가늠할 수 없는 것이 요즘의 부산 거리 풍경이다. 그런데 구 조방터는 아무리 오랜만에 와도 그런 혼돈을 겪을 필요가 없다. 몇 십 년 만에 가는 고향집을 한달음에 찾아가듯이 예전 기억을 밟아서 가면 가고자 하는 목적지에 어렵지 않게 도달할 수 있다.

   그것은 아마 일제 때부터 있었던 조선방직에서 딴 구 조방이라는 지명을 아직도 벗어던지지 못한 것에서도 알 수 있듯이 예전의 거리

풍경이 많이 남아 있기 때문일 것이다. 현대식 건물로 바뀌기는 했지만 부산진시장과 평화시장 자유시장 등이 옛 이름을 그대로 달고 있어 그 건물들을 지형지물 삼아 걷다 보면 잊었던 기억을 금방 되살릴수 있다.

조방앞이라는 지명을 낳게 한 조선방직주식회사는 1917년 일본인재벌에 의해 설립된 공장으로, 일본 언론에도 여공 기숙사가 마구간으로 표현될 정도로 극심한 노동 착취가 행해진 곳이었다. 이런 열악한 조건에 항거한 1930년의 총파업으로도 유명한 조선방직은 1968년 문을 닫았고 그 자리에 평화시장 자유시장 중앙시장 등이 들어섰다. 우리나라 최초의 면방직공장이었던 조선방직의 역사 때문인지구 조방 거리를 쏘다니는 동안 나의 코끝에서는 옷감 냄새가 가시지않았다.

지금 역시 이 거리에는 섬유 관련 업종들이 많다. 부산진시장 평화시장 자유시장에서 취급하는 품목 중에서 주종을 이루는 것이 섬유제품이고 거리 양편에 자리한 개별 점포들 역시 섬유 관련 점포들이많다. 특히 부산진시장은 지하 1층에서 지상 3층의 매장이 대부분 섬유 관련 매장이었다. 기성한복 혼수한복지 이불원단 주단 포목 양복지 양장지 남성복 숙녀복 생활한복 아동복 메리아스 작업복 운동복무대의상 등을 취급하는 점포로 빼곡했다. 그래서 시장 매장을 가득매운 각양각색의 옷감 냄새로 그곳을 돌아다니는 동안 정신이 다 혼미해질 지경이었다. 그 어지럼증을 어떻게 표현해야 할까. 새로 장만한 비단금침에서 하룻밤을 지새우고 나온 새신랑의 기분이라고나 할까. 아니면 곱게 풀을 먹여 깔아준 새 이부자리에서 밤잠을 설친 철부지 어린아이의 심정이라고나 할까.

부산진시장을 나와 평화시장으로 향하는 도로변 양쪽의 상가들도 의류 관련 점포들이 많았다. 혼수전문 주단을 취급하는 곳, 지금은 좀체 보기 힘들어진 맞춤 양복과 양장을 취급하는 곳, 생활한복과 전통한복을 취급하는 점포들이 삼삼오오 어깨를 맞대고 있었다. 이 거리를 따라 최근 형성되기 시작한 귀금속상가 역시 그런 구 조방터의 역사와 무관하지 않을 것이다. 혼숫감의 주요 품목이 잘 지은 옷 한 벌과 귀한 보석 장신구일 것이기 때문이다. 드문드문 들어서 있던 귀금속점들이 연합하고 대형화하며 자리 잡은 것이 지금의 귀금속 상가인 것이다.

그렇다고 해서 구 조방터를 때깔 좋은 옷이나 귀금속같이 반짝이는 새살림들만 취급하는 곳으로 여겨서는 안 된다. 반질반질하게 윤이 나는 새살림 못지않게 낡고 값싼 중고 상품들도 활발히 거래되는 곳이다. 그런 사실은 현대백화점 주위에 아직도 건재하고 있는 중고 텔레비전 취급점들이 잘 말해주고 있다. 이제 흔하디흔한 생활용품이 되어버린 텔레비전을 누가 중고품으로 구입할까 하는 의구심이 들기도 할 것이다. 한때 '고장 난 텔레비전이나 비디오 산다' 고 골목을 누비고 다녔던 수집상들도 이제 거의 찾아보기 힘들게 되었으니 말이다. 그렇지만 구 조방터 도로변에는 그런 중고 가전품을 취급하는 점포들이 여러 곳 명맥을 유지하고 있다.

처음 여기에 그런 가게들이 하나 둘 들어서기 시작한 것은, 지금의

자유시장

평화시장 옆에 서부경남을 오가는 시외버스터미널이 자리하고 있었던 것과 무관하지 않을 것이다. 경남 일원에서 빈손으로 흘러들어와 일자리를 잡은 근로자들이 고향을 오가느라 자주 드나들던 곳이 이 길목이었고, 범일동 산동네나 매축지 단칸방에 거처를 구하면서 돈이 생기면 제일 먼저 장만한 것이 텔레비전이었을 것이다. 몇 달 월급을 쪼개고 모아서 산 중고 흑백텔레비전을 보며 밤잠을 설쳤을 그 시절 청춘들의 순박한 꿈이 이 거리에 오롯이 깃들어 있다. 지금은 그것이 흑백에서 컬러로 바뀌고 비디오와 오디오 같은 품목이 추가되었을 뿐 몇 만 원으로 안방극장을 꾸며 보려는 발걸음들은 여전히 이어지고 있다.

그러고 보니, 부산진시장 맞은편의 미싱집들과 버스정류소 주변의 행상들이 펼쳐 놓은 물건들도 좀 시대에 뒤떨어져 보이는 상품들이었다. 물론 손과 발을 움직여 돌리는 옛날 미싱은 아니었지만 사용이 훨씬 간편해진 전자식 미싱이라고 할지라도 요즘 누가 그렇게 살뜰히 가족들의 옷을 바느질해 입히겠는가 말이다. 그래도 수십 곳의 미싱집들이 지금 어깨를 맞대고 성업 중인 것을 보면 살뜰한 여인네들이 아직 많은 듯해 마음이 푸근해졌다. 버스정류장 부근의 행상들이 펼쳐 놓고 파는 자질구레한 생활용품 속에서 발견한 등 긁는 효자손 같은 것도 시내 대형 매장에서는 취급도 않을 품목들이어서 더더욱 정겨워 보였다. 자유시장을 돌아보고 나올 때는 한 가게 앞에 내다놓은 고풍스러운 수동식 전화기들을 구경할 수도 있었다.

평화시장 옆에 들어선 18층의 현대식 매장 이지벨 뒤편에 70년대까지 꽤 넓은 규모의 시외버스터미널이 있었다. 낡은 시외버스의 앞유리창마다에는 고향마을의 이름이 줄줄이 붙어 있었고 설이나 추석 명절에 고향 가는 버스를 타려면 족히 한두 시간은 그 근처에서 서성여야 했다. 주차장 근처의 공터 여기저기에는 큰 장날처럼 봇짐장수들이 풀어놓은 갖가지 물건들로 장관을 이루었다. 제조회사가 불분명한 옷가지와 과자류, 오밀조밀하게 놓여 탐나던 잡화류. 특히 만병통치라고 떠벌이던 정체불명의 약을 팔던 떠돌이 약장수들이 많았다. 그들의 약간 쉰 듯한 목소리를 쫓아 고개를 들이밀면 진귀한 동물들의 묘기나 아슬아슬한 차력을 구경할 수 있었다. 늘 결정적인 부분에서 그 정체불명의 만병통치약을 꺼내들곤 했지만 기다림에 지친 사람들에게 그보다 좋은 구경거리는 없었다. 그렇게 이곳저곳을 기웃거리다가 고향 가기도 전에 고향 사람을 만나기도 했고, 출출하면 난장에 즐비하게 늘어서서 더운 김을 내던 먹거리로 요기를 했다.

　　그때의 기억 때문인지 나에게 구 조방터는 조선방직공장의 옛터라기보다는 고향으로 가는 긴 여정의 초입쯤으로 뇌리에 박혀 있다. 여기에 이르러서야 비로소 귀향길에 오른 실감이 들었고 번잡한 인파를 헤집다가 동향 사람들의 줄 뒤에 가서 서면 벌써 고향의 아늑한 품에 안긴 듯 행복했었다. 지금은 결혼식장에 가거나 맵싸한 원조 조방낙지의 맛이 생각나 가끔 이 골목을 지나곤 하지만 때로 크고 작은 건물들 사이 어디에선가 고향 가는 버스가 그때처럼 나를 기다리고 있을 것 같은 착각에 빠져들곤 한다. 그 길목에 손칼국수 돼지국밥 보리밥 등의 메뉴를 붙여 놓은 허름한 가건물들이 향수를 자극하며 아직 그 자리를 지키고 있었다.

아련한 추억으로부터 벗어나 이지벨과 자유시장 사이를 돌아 나오는데 이면도로 한쪽에 사람들이 모여서 있었다. 마침 유행가 한 자락이 신나게 울려 퍼지고 있어서 다가가보니 '꼬미 3인방 공연단' 현수막을 내건 가설무대가 차려져 있었다. 한 중년의 무명가수가 '갈매기야 갈매기야 부산항 갈매기야'로 시작하는 노래 한 곡을 멋지게 뽑아 올리는 중이었다. 금방 구경꾼은 이백여 명으로 불어나 있었다. 노래 두어 곡을 더 뽑는 동안 저 사람들이 곧 펼쳐 놓을 상품이 무엇일까를 생각하고 있는데 좀 맥 빠지게도 그들은 유행가 시디 묶음을 내놓고 있었다. 6장에 만 원 하는 시디를 장황하게 소개하고 있는 가설무대 위의 장사꾼이 무색하게 사람들은 슬금슬금 그 자리를 빠져나가고 있었다. 그것을 팔자고 벌인 무대였다면 아무리 따져보아도 좀 전의 신명나는 노래와 멋들어진 가위질과 춤 솜씨는 도저히 밑천이 빠질 것 같지 않은 투자였다. 예전 이 부근에서 차력이나 뱀 같은 것으로 사람을 모아 엉터리 약을 팔던 장사꾼들에 비하면 더욱 그러했다. 그만큼 그 시절의 구매자들은 순박했고 지금의 구매자들은 영악해졌다. 알맹이만 공짜로 쏙 빼먹고 사람들은 매정하게 발길을 돌리고 있는 것이다.

사람들은 그렇게 변했지만 구 조방터 거리는 아직 그래도 새로운 것이 낡은 것을 완전히 밀어내지는 못하고 있는 듯했다. 시외버스터미닐은 없어진 지 오래지만, 그래서 나는 여전히 이곳이 고향으로 향하는 첫 관문처럼 여겨지는 것이다. 고향이 어디인지도 잊어먹고 사는 시대. 할 수만 있다면 문득 처음 그 시절의 고향으로 돌아가고 싶어진다.

호포 가는 길

　지하철 2호선을 타고 호포까지 갔다. 예정에 없던 일이었다. 겨울이 막 저물고 있어서일까 한겨울 동안 추위와 씨름하느라 팽팽하게 조였던 감각기관들이 스르르 맥을 놓고 있는 기분이었다. 알고 보니 겨울도 별 것 아니라는 듯이 그동안 완전 무장했던 머리와 가슴과 하체의 방어벽들이 하나 둘씩 녹아내리고 있었다. 냉동실에서 풀려난 생선처럼, 오랜 속박에서 벗어난 노곤하고도 알알한 기운이 온몸을 간질였다.

　범내골역을 지난 전동차의 안내방송이 다음 정차역을 알렸다. '다음은 서면역입니다. 계속해서 호포 방면으로 가실 승객은 서면역에서 내려……' 2호선이 개통되고 수없이 이 안내방송을 들었음에도 어쩌면 그 전언을 건성으로 흘려들었을까. 지하철 2호선과 그 끝 호포는 환승역인 서면을 무심히 지나치고 있는 나를 향해 매번 눈짓 손짓을 해댔을 것인데 왜 그 기척을 한 번도 알아듣지 못했던 것일까.

저만큼 멀어진 20세기가 그랬다. 분명하게 뚫린 직선만이 최선이며 전부였다. 우회하거나 주춤거리거나 뒷걸음질 치는 것은 무능이며 죄악이었다. 그 길을 원하든 원치 않았든 다수를 위해 동반자가 되어야 했다. 잠시 숨을 돌릴 수도, 이 길 외에 다른 길이 있다는 것을 생각하지 못하게 했다. 방향을 바꿀 생각은 아예 하지도 못한 채 분명하게 정해진 목표만을 겨냥해 질주해왔다. 참 총알 같은 삶이었다.

아무 계획이 없었음에도 불구하고 서면역에서 내려 2호선을 향해 난 화살표를 따라 걸었다. 이미 끊었던 표를 반납하고 다시 표를 사서 새로 시작하는 것이 아니라 앞서 달려온 길을 완전히 지우지 않고도 길을 바꿀 수 있다는 사실이 즐거웠다. 불심검문을 받듯이 새 길을 걸어갈 징표를 내보이지 않아도 된다는 사실에 안심이 되었다. 1호선에서 2호선으로 길을 바꾸는 데도 그리 긴 시간이 필요하지 않았다.

서울에 사는 동안 가장 힘들었던 것이 걸음의 속도였다. 사무실에서든 거리에서든 서울 사람들의 걸음은 무척 빨랐다. 버스와 지하철과 택시를 집어탈 때의 서울 사람들 보속은 마치 경보 선수들처럼 빨라서 나 같은 이는 차 한 대쯤 그냥 보내기 일쑤였다. 아주 길고 복잡한 지하 동굴 같은 서울 지하철의 환승로를 우두두두 달려가는 군중들 틈에서 여기 이대로 있다가는 언젠가 깔려 죽고 말 것 같은 공포가 엄습하기도 했다.

부산에 다시 내려왔을 때 가장 안심이 된 것이 그래도 느릿느릿한 부산 사람의 걸음걸이였다. 환승 구간을 걸어가는 부산 사람의 속도는 빠르지 않다. 새로운 흐름에 발 빠르게 적응하지 못한 탓인지, 그런 짓거리에 장단을 맞추기 싫다는 것인지, 그 느림의 여유가 즐겁고 편안하다.

부산의 지하철은 이제 서면을 중심으로 동서남북으로 뻗어 있다. 1호선의 북쪽 끝 노포동은 금정산 너머 영남알프스의 수려한 산등성이를 향해 입을 벌리고 있고 남쪽 끝 신평은 강과 바다의 경계인 을숙도 다대포와 맞닿아 있다. 2호선의 서쪽 끝 호포는 낙동강 기나긴 젖줄에 발목을 담그고 있으며 동쪽 끝은 광안리를 거쳐 해운대 바다로 치닫는다. 여기에 낙동강을 넘어 김해로 뻗는 3호선이 더해졌다.

지금 부산의 도심에는 전동차가 실어온 산과 강과 바다의 팍팍한 기운들이 쉴 새 없이 부려지고 있는 중이다. 서면 남포동 연산동 거리의 활달함은 그 동력을 원천으로 한다. 장전 동래 초량 하단을 거치며 수거한 일상의 파편들을 다대포 바닷물이 맑게 씻어내고, 사하 부산진 시청 두실을 지나며 받아낸 고단한 먼지들을 노포동 산바람이 훨훨 털어낸다. 가야 주례 수영 사직의 근심걱정들을 호포의 낙동강물이 씻어내고 문현 대연 남천 민락의 나른한 시간들이 장산 아래 동해 바다에 씻겨나간다.

부산의 전동차 안에서는 이렇게 승하차한 강과 산과 바다가 어울린 시큼하고 짭짤하고 상큼한 냄새가 난다. 우뚝한 산과 요동치는 바다와 끝없이 흐르는 강, 그리고 그 강과 바다와 산의 생명력을 실어나르는 지하철이 이제 부산을 늘 요동치게 한다.

대체로 큰 파동이 없는 서울 지하철의 분위기에 비해 부산의 지하철은 경상도 억양이 내는 굴곡 때문에 자주 술렁인다. 취객들이 드문드문 섞이는 저녁시간에는 제법 웅성웅성한 분위기를 자아내는데 그틈을 비집고 다니는 잡상인들의 일장 연설도 만만치가 않다. 지하철 안내 방송은 심심찮게 그 불량상품들을 사지도 팔지도 말 것을 당부하고 있지만 부산사람들은 그런 경고에도 아랑곳하지 않고 별 소용도 없어 보이는 물건들을 곧잘 사준다. 주로 천 원짜리 물건들이어서 밑져야 천 원이라고 생각하는 것인지, 오죽하면 안면 몰수하고 이런 외판에 뛰어들었을까 하는 연민 때문인지, 물건을 제대로 살펴보지도 않고 넙죽넙죽 받아 넣는다. 손목시계 비옷 본드 일회용밴드 때밀이 손전등 볼펜 칫솔에 엊그제 산 먼지떨이까지. 나 역시 그것들만 다 모아도 작은 잡화상 하나는 차릴 만하다.

1호선에서 갈아탄 승객을 제외하면 대부분 내리는 사람뿐이어서 2호선 전동차는 곧 썰렁해졌다. 모덕 구남 구명 율리 같은 낯선 역 이름들을 하나하나 쓰다듬으며 가는 동안 혼자 있고 싶을 때마다 아무 버스나 타고 종점까지 갔다 오곤 했던 이십여 년 전이 주마등처럼 스쳐갔다. 주머니는 좀 주렸지만 그때의 가슴은 언제나 뜨거웠었다.

마침내 전동차 한 칸에 두어 명만이 남게 되었고 금곡을 지나 지상으로 올라온 차창 밖으로 이제 막 들어선 신기루 같은 고층 아파트들과 그 배후에 드리워진 산과 그 맞은편에 펼쳐진 강이 드러났다. 조금씩 저물고 있는 해가 강을 붉게 물들이고 있었다. 아, 하고 나는 탄성을 지를 뻔했다. 그래 저 강이야, 저걸 보고 싶어 나는 무작정 2호선을 탔던 거야.

끝이 아닌 시작, 서울의 백마가 부럽지 않은 강변 풍경을 우리도 갖게 되었다. 강과 벌판만이 눈에 들어오는 호포역 철로 앞에 앉아 전동차가 서너 번 다시 출발할 때까지 서 있었다. 강은 너무 지척이어서 귀를 조금만 더 열면 졸졸 졸 물결 밑으로 흐르는 낮은 소리까지 들을 수 있을 것 같았다. 그래, 얼마나 오래 잊고 산 변방인가. 우리는 그동안 중심에서 너무 허덕거렸다. 황량한 강가에 내동댕이쳐진 외로움을 누르며 앉아 있자니 다시 그때처럼 온몸이 훈훈해졌다.

　　다 붙잡지 못해 놓아버린 것들/이리 와 물이 된다/보태고 감춘 흙의 것들 하나씩 불러내/얼쑤얼쑤 무등 타고 와/더 이상 안되겠구나 몸 날려 떨어진 자리/어스름 넘어가는 해/마저 남은 묵은 때 씻어낸/산 그림자 슬금슬금 그늘을 만든다/땅의 것들 거기에 숨어/밤의 연희복 갈아입는 동안/물은 하루 꼬박 걸어온 낮의 발목을 씻어준다/땅의 일은 그만 잊어라/저 반짝이는 불빛에 더는 눈길 주지 말고/여러 갈래 걸어온 산들/철로변 물길에 나란히 얼굴 맞댄다/오래 천천히 굽이치며/강 하나 바다 하나 불러 모아/말라버린 것들 다 적시고 오너라/저기 산 너머/목마른 것들 기다리고 있으니.

　　　　　　　　　　　　　　　　　　　—최영철 시 「호포에서」

호포역에서 바라본 강과 벌판

뜨거웠던 그해 유월의 기억

항쟁과 부산 기질

　　부산 사람의 불뚝성질이 역사를 바꾸는 원동력이 된 적이 몇 번 있었다. 3·1운동과 4·19의거를 전후한 학생들의 끈질긴 저항이 그러했고 1979년과 1987년의 항쟁은 두 독재정권의 무릎을 꿇게 하는 결정적인 전기가 되었다. 부마항쟁과 유월항쟁은 부산이 도화선이 되거나 핵심이 되었던 항쟁으로 시민의 힘으로 절대 권력을 굴복시킨 역사적 사건이었다. 이런 시민 주체의 신화가 부산을 중심으로 이루어진 것은 두고두고 부산의 자긍심이 될 만하다. 그 덕택에 '부산 사람이 일어나면 역사가 바뀐다'는 말까지 생기지 않았던가.

　부산 사람은 오래 참는 대신 한 번 부아가 치밀면 불같이 일어나는 성질이 있다. 여러 정황을 살피고 이해득실을 따져 자신이 나설 때인가 아닌가를 판단해 꼬리를 내리고 보는 약아빠진 사람들 사이에서 부산의 불뚝성질은 물불을 가리지 않고 일어선다. 도저히 더는 참을 수 없을 만큼 화가 나면 우선 일어서고 보는 이 기질은 득보다 실이 많지만 뒤끝은 개운해서 다른 앙심을 남기지는 않는다. 불뚝성질이라는 게 그런 것이다. 무슨 문제에 대해 시시콜콜 잔소리를 늘어놓기보다는 말없이 오래 지켜보고 있다가 더 이상 어찌할 수 없을 때 용수철처럼 튀어 오른다. 용수철처럼 강하게 짓밟을수록 강하게 튀어 오른다. 사람들 간의 실랑이만 해도 그렇다. 다른 지역 사람들처럼 조잘거리며 자주 다투는 것이 아니라 벼르고 벼르다가 극언을 하고야 마는 것이 부산의 싸움방식이다. 아니꼬운 구석을 누르고 누르다가 갑자기 술잔과 주먹이 날아가는 살벌한 풍경을 연출하기도 한다. 그 싸움은 짧지만 격렬하며 짧은 순간을 통해 오랫동안 맺혔던 응어리를 풀어버린다.

부산 사람의 기질은 이렇듯 꽉꽉하고 솔직한 것이 특징이다. 밖으로 표현하는 기교가 부족해 언뜻 보기에 정이라고는 손톱만큼도 없어 보이지만 일일이 내비치지 못한 잔정을 모았다가 한꺼번에 나누어준다. 그래서 부산 사람의 정분에는 큰 변화나 굴곡이 없다. 한 번준 마음은 쉽게 변하지 않는다. 평소의 무뚝뚝함도 경솔하게 정을 남발하지 않으려는 고집스러움의 소산이 아닐까. 그러나 요즘은 계속되는 인구 유입으로 부산의 토종기질을 만나기가 쉽지 않다.

20년 전 유월의 부산 거리는 더 이상 참을 수 없어 불뚝성질이 발동한 사람들로 물결을 이루었다. 유래 없는 악법을 호헌이라 우기는 독재정권에 맞서다 비통하게 죽은 박종철 고문치사사건을 도화선으로 그동안의 울분들이 걷잡을 수 없는 불길로 치솟았다. 수천 명이 수만 명이 되고 곧 수십만 명이 되었다. 시위 대열에 합세한 화이트 칼라들, 빵과 우유를 사서 던져준 중장년층, 백골단에 쫓기는 학생들을 숨겨준 도로변의 자영업자들……. 그들은 정당한 항변이 씨알도 먹히지 않는 싸움판에 웃통을 벗어 던지고 뛰어든 의리와 정의의 부산 사람들이었다.

그해 유월항쟁의 도화선은 남포동 충무동 서면이었다. 가톨릭센터 대각사 부산대 동아대 앞이었다. 한진컨테이너 국제상사 동양고무 앞이었다. 부산의 모든 거리와 도로와 골목들이 항쟁의 도화선이었다. 거리를 지나 도로를 건너 골목으로 몸을 감추었다가 골목에서 거리로 도로로 물밀듯이 쏟아져 나온 거센 함성이었다. 참고 참다가 봇물을 이룬 성난 행진이었다. 좌충우돌 뛰어다니며 최루탄 연기에 콜록거리고 억장 무너져 눈물 펑펑 쏟으며 목이 터져라 자유와 민주를 외친 날들이었다. 막걸리 한사발로 허기와 목마름을 달래며 운동가를 고래고래 합창한 날들이었다. 몇은 원칙 없는 세상을 한탄하며 두 주먹을 불끈 쥐었고 몇은 아스팔트에 주저앉아 땅을 치며 울분을 토했다.

그들은 운동권의 핵심도 아니었고 과격한 이론가들도 아니었다. 그런데도 그들의 눈은 빛났고 어떤 결의와 신념에 차 있었다. 그들 중에는 시위대를 따라다니느라 자기 사업을 망친 이도 있었고, 실적 미달로 직장을 쫓겨난 세일즈맨도 있었고, 일당을 포기한 막노동꾼도 있었다. 그것은 한 번 일어나면 물불을 가리지 않는 부산 사람 특유의 불뚝성질 때문이기도 했지만 실은 좋은 세상을 향한 믿음과 열정으로 함께 나아갔던 희망의 행진이었다. 가슴 벅찬 함성으로 그 대열에 함께 했던 사람들은 지금 어디에서 어떤 모습으로 살고 있을까. 아직도 그 뜨거움 그대로일까. 아직도 그 푸르름 그대로일까.

거기서 모든 불길은 점화되었다

    우리의 기억은 시간보다 공간에 더 많이 의지한다. 시간은 쉼 없이 흐르는 강물과도 같아서 붙잡을 수도 되돌릴 수도 없는 것이지만 공간은 일정한 범위를 유지하며 그 자리에 머물러 있다. 그 속성으로 하여 공간은 끊임없이 흘러가느라 놓쳐버린 시간의 기억들을 재생하고 환기한다. 저만큼 멀어져버린 시간도 공간을 통해 어렴풋이나마 잠시 재현된다.

  그렇다고 공간이 누구에게나 모든 기억을 다 보여주는 것은 아니다. 어떤 방식으로든 마음 한 자리에 그 시간을 붙들고 있었던 자, 작은 실마리 하나라도 부여잡고 있었던 자에게만 보여준다. 공간은 시간을 반추해 보고자 하는 자에게만 보인다. 시간은 동기를 제공하고 공간은 그 진행과정과 결말을 오랫동안 머금고 있다. 공간과 시간은 그렇게 기억을 되살려내는 두 축이다.

  현존하는 것들을 바라볼 때도 그렇지만 기억 저편의 공간을 꼬집어낼 때도 풍경은 모든 것이 인지되는 게 아니라 보려고 하는 것들만 재생된다. 다 같이 부산의 어느 거리에 서 있다 할지라도 낭만을 보고자 하는 이에게는 낭만의 기억이, 환락을 보고자 하는 이에게는 환락의 기억이, 사랑을 보고자 하는 이에게는 사랑의 기억만이 떠오를 것이다. 유월항쟁의 기억에 기대어 부산의 공간을 더듬어 보기로 하자.

유월항쟁의 기억으로 부산의 공간을 다시 보려고 할 때 가장 우선되어야 할 것이 종교시설과 대학이다. 그 둘은 순수성으로 닮은꼴이다. 대학은 아직 오염되지 않은 순수공간이며 종교시설은 세속의 오욕을 딛고 선 순수공간이다. 그런 면에서 대학은 가장 처음의 자리이며 종교는 가장 나중의 자리이다. 처음과 끝은 대부분 그렇게 서로 통한다. 대학은 기성에 물들지 않은 상대적 순수성이고 종교는 현실의 더께를 벗은 절대적 순수성이다.

그 둘은 그리하여 불가침의 공간이 되었다. 기성의 제도권이 가진 허장성세에 진입하기 전인 대학과 그것을 초탈한 종교는 무엇으로부터도 자유로울 자격이 있다. 대학은 다소의 시행착오가 용인되는 곳이며 종교는 모든 과오들이 용서되는 곳이다. 상아탑은 인간이 구축하려는 새로운 이상의 출발점이며 종교는 인간이 가 닿고자 하는 마지막 도달점의 표상이다. 거기서는 발설하고 주장하지 못할 이야기가 없고 고백하고 보호받지 못할 이야기가 없다. 거기서 모든 시간은 시작되고 모든 시간은 마무리된다. 모든 불길은 점화되고 모든 불길은 진화된다.

유월항쟁의 발화점도 거기였다. 항쟁의 불씨가 되었던 1987년 1월 14일의 박종철 군 고문치사와 관련해 가장 먼저 일어섰던 것은 2월 4

일 천주교 정의구현전국사제단이 〈박종철 군 범국민추도대회〉와 관련해 전국 14개 교구의 사제와 신도들에게 보내는 공한 형식의 성명을 발표한 일이었다.

그리고 2월 7일의 〈고 박종철 군 부산시민 추도대회〉는 오후 1시를 전후해 학교를 박차고 나온 대학생들이 대각사로 들어가려다 진압 경찰과 심한 몸싸움을 벌였고, 2시 30분 경에는 〈종철이를 살려내라〉는 플래카드를 앞세워 7백여 명으로 불어난 학생들이 제일극장 앞에서 연좌시위를 벌였다. 이렇게 점화된 남포동의 추도대회는 1만여 명의 시민들이 함께 했다.

부산의 유월항쟁 촉발점으로 보아도 좋을 이날의 시위는 몇 가지점에 주목할 필요가 있다. 시위의 주축이 되었던 대학은 기성화되지 않은 순수집단이며, 시위대가 진입을 시도란 대각사는 경찰의 무력진압을 피할 수 있는 무풍지대라는 공간적 의미가 있다. 이후의 대학교정과 부산가톨릭센터가 그러했지만 이러한 공간들은 시위 군중들에게 일정한 지향점과 방패막이가 되어주었다.

그리고 충무동 일대의 시위 집결지에서 보듯 그 당시의 부산 중심이 정서적으로 충무동 남포동 일원이었다는 점도 짐작하게 한다. 거리시위의 목적은 더 많은 사람에게 사안의 긴박성과 중요성을 알리는 데 있고 더 나아가 불특정 다수를 동참시키는 데 있을 것이기 때문이다. 또 그곳의 지리적 여건이 산발적인 시위를 벌이기에도 적합한 공간이었음을 말해주고 있다.

대학과 종교시설을 기점으로 한 부산의 유월항쟁은 그렇게 촉발되고 점화되어 그해 5월에 이르러서는 부산교구의 사제 수녀 신도들이 가톨릭센터와 중앙성당 등에서 단식기도에 들어갔으며 부산대 동아대 부산여대 부산산업대 소속 교수와 학생들의 시국성명과 거리 시위가 뜨겁게 이어졌다.

썩은 중심부를 향한 성난 도발

저항은 민중의 몫이다. 기득권층은 그것을 억누르거나 무화시키려고 노력할 뿐 무엇에 저항하지는 않는다. 지금 확보한 자기 자리를 고수하기 위해 비슷한 급의 경쟁자들을 견제하고 물리치려고 노심초사한다. 굳건한 아성을 지키려는 의지는 공격이 아닌 방어의 수단이다. 상부의 속성은 변화를 두려워한다. 지금의 아성을 흔들거나 변화시키려는 모든 세력은 요주의 대상이다.

민중에게는 첩첩산중의 위는 있으나 물러설 아래가 없다. 등 뒤는 벼랑 끝 낭떠러지다. 잠깐 양보하려고 해도 더 이상 양보할 것이 없다. 치고 빠지며 은근슬쩍 속을 떠보려 해도 재빨리 몸을 뺄 재주가 없다. 70년대와 80년대, 산업화가 급물살을 타고 양극화가 진행될 즈음 그들의 삶이 그러했다. 시장 바닥에서, 공사판에서, 공장에서 그들의 하루는 팍팍했다. 허리끈을 풀고 한숨 느긋하게 팔자걸음을 걸어볼 여유가 없었다. 나날의 삶이, 순간순간이 사생결단의 배수진이었다.

부산 유월항쟁에서 성직자와 대학생들이 항쟁의 불씨를 지폈다면 노동자들은 그 불씨를 살리기 위해 맨몸으로 뛰어들어가 스스럼없이 불쏘시개가 되었던 사람들이다. 불쏘시개는 불길의 중심이 되려는 게 아니라 그저 제 한 몸 기꺼이 내던져 더 큰 불길을 만들려는 데 있다. 때가 되면 제 몸은 흔적도 없어지는 지푸라기나 잔가지 같은 불쏘시개를 닮았다. 부산의 공장 노동자와 재래시장 상인들이 1987년 6월 그런 불쏘시개 역할을 했다. 그들은 중심부에서 소외된 변두리 인생들이었다. 그들의 사회적 위상이 그러했고 지나온 삶의 이력들이 그러했다.

　사상공단은 산업화의 바람을 타고 도심 곳곳에 들어서던 공장들을 외곽지역에 모으기 위해 1975년 완공을 본 부산의 초기 공업단지인데 사상이 부산의 도심으로 자리 잡으면서 지금은 대부분의 공장들이 이전해 간 상태다. 공단이 들어서기 전 사상에 대한 우리 세대의 추억은 낙동강 모래톱을 지나 재첩을 잡던 곳이었다. 공단으로 조성되고 난 뒤의 기억은 구포나 김해로 가기 위해 버스를 타고 사상 일대를 지날 때마다 매캐한 공기 때문에 얼굴을 찌푸렸던 일, 그리고 서면 밤거리로 놀러 나온 노동자들의 몸에서 풍기던 땀 냄새 같은 것들이었다. 그들 대부분이 국제, 삼화, 태화 같은 신발공장 노동자들이었다. 국민학교를 겨우 졸업하고 무작정 도시로 나온 이들은 십중팔구 가난한 농민의 아들딸로 동생들의 학비를 보태주는 가장 노릇을 했다. 그들이 신분상승을 하는 길은 오로지 돈을 벌어 자수성가하는 길뿐이었다.

그런 공장 노동자들이 유월항쟁의 대열에 먼저 합류한 것은 지극히 당연한 일이었다. 도시 하층민으로 편입되는 순간 그들의 삶은 한갓 기계부속이었다. 노동 강도에 비해 임금은 턱없이 낮았고 그 미궁을 빠져나가는 길은 낙타가 바늘구멍을 통과하는 것보다 어려웠다. 민주와 자유를 외치는 대학생들의 주장을 다 이해할 수는 없었으나 어떤 명백한 전환이 이루어지지 않는 한 자신들의 목표는 영원한 망상이 될 게 뻔했다. 지금의 가난이 자신들의 무지와 무능의 소산이 아니라 고도성장의 미명 아래 되풀이된 착취의 결과라는 것을 느끼게 된 것이었다. 6·29 항복 이후 7월에서 9월에 걸쳐 자발적으로 진행된 노동자들의 생존권 투쟁은 이런 자각에 말미암은 것으로 부당한 노동조건을 개선하는 성과를 내며 숨가쁘게 이어졌다.

국제상사 노동자들은 6일간의 파업농성 이후, 강제진압에 맞서 여성노동자 대표가 온몸에 신나를 뿌리며 저항했고 사측의 휴업결의에 항의에 노동자 1천여 명이 본관 점거농성을 벌이기도 했다. 민주노조 결성과 임금인상을 요구하는 이들의 권리 찾기는 한진컨테이너 대한통운 삼화고무 세화상사 동양고무 동일고무벨트 성창기업 세신실업 삼양식품 유진화학 등 거의 대부분의 생산업체로 번져나갔다. 이런 적극적인 권리 찾기의 움직임은 유월항쟁을 통해 사회적 불합리와 불평등을 자각한 결과였다.

대학생들이 촉발한 유월항쟁에 노동자들이 가세하고 시장 상인들이 동조한 것은 어떤 지울 수 없는 혈연이었다. 국제시장 부산진시장 자유시장 서면시장과 같은 재래시장 상인들은 대학생들의 형이요 어머니였으며 노동자들의 언니요 할머니였다. 빵과 음료수를 던져주고 백골단에 쫓기는 학생들을 숨겨주며 그들은 "그래 너희들이 옳다. 너희들이 백번 옳다."며 시위대의 상처와 두려움을 닦아주었다. 시장 골목에서 시원한 한 바가지 물을 얻어 마시고 청춘들은 다시 거리로 달려 나갔다. 이면도로가 많지 않은 부산의 도심 구조에서 재래시장은 그렇게 훌륭한 퇴로와 재충전의 역할을 했다. 구름처럼 모였다가 여차하면 뿔뿔이 흩어져 몸을 숨기기 좋았고, 이 골목 저 골목에서 성난 파도처럼 다시 뛰쳐나오기 좋았다.

항쟁은 꽃 피었다, 그리고 잊혀졌다

항쟁의 씨앗은 어두운 이면에 뿌려진다. 암울하고 불길한 땅에 음습하고 공포스러운 기운을 영양분으로 뿌리 내린다. 그 전개 과정과 결말은 누구도 예측할 수 없으며 성패 또한 누구도 장담할 수 없다. 성공 가능성은 대체로 아주 미미하지만 씨앗은 순식간에 싹이 트고 양지를 향해 마구 가지를 뻗는다. 그 투신에는 일사불란한 지휘와 통솔이 필요 없고 각자에게 돌아올 사사로운 득실도 아무 쓸모없다. 그들은 참을 만큼 참았으며 여차하면 그것을 터뜨릴 계기를 기다리고 있었다. 상상도 할 수 없었던 폭발적인 거부와 저항의 힘이 거기에서 나온다.

1987년 박종철 군 고문치사 사건은 앞길 창창한 대학생 박종철에게는 참으로 불행한 사건이었으나 더 이상의 폭압을 견디지 못한 다수 대중들에게, 또 도도히 흘러가야 할 역사를 위해서는 다행한 일이었다. 물고문으로 희생된 박종철은 달려 나가기를 주저하던 대중들에게 출발 신호를 보냈고, 대중들은 무관심과 두려움과 단절의 벽을 뚫고 대명천지 큰길로 달려 나왔다. 그 길에 대학생과 노동자들이 물꼬를 트며 앞장섰고 시민들이 뒤를 따랐다. 대학생과 노동자들은 실타래처럼 얽히고설킨 미로에 길을 내고 장벽을 허물며 큰길로 나가는 출구를 열었으며, 익명의 시민들은 겹겹이 쳐두었던 자기 안의 울타리를 걷어차며 봇물처럼 쏟아져 나왔다.

1987년 6월, 충무동에서 남포동 부산역으로, 온천장에서 연산동 양정으로, 사상에서 개금 가야로 환하게 출렁이며 흘러가는 물결들이 있었다. 누구의 강요도 없었으나 그들은 어둠이 밀려드는 저녁거리로 나섰고, 어디로 나아가라는 명령이 없었으나 모두 일정한 방향을 향해 걷고 뛰기 시작했다. 어디서 만나자는 약속이 없었으나 밤이 깊을 즈음 그들은 더운 김을 내뿜으며 어느 한 지점에서 멈추었다. 서면로터리였다.

부산의 어느 곳으로도 나아갈 수 있고 어느 곳에서도 올 수 있는 서면로터리는 부산의 모두를 아우르는 이정표이며 장승이며 솟대이며 노둣돌이었다. 어디까지 어떻게 나아가야 하는가를 알려주는 이정표였으며, 천하대장군 지하여장군으로 부산을 지킨 수호신 장승이었으며, 풍요와 안녕을 빌던 솟대였으며, 먼 길 말 달리며 발돋움하던 노둣돌이었다. 그날의 서면로터리는 우리가 가닿아야 할 최종 목표였다. 그것이 없었다면 우리는 그만 골목으로 다시 숨어들거나 중도에 주저앉아버렸을지도 모른다.

1987년 6월, 나 역시 시위대의 끄트머리에 있었다. 백여 명으로 시작된 시위는 곧 오백, 천, 삼천, 오천 명으로 불어났고 연좌시위를 벌이는 사람들 머리 위로 시민들이 던진 빵과 우유가 날아왔다. 산발적으로 시작된 시위가 서면에 이를 즈음에는 몇 십만의 성난 물결이 되어 있었다. 진압대에 맞서 시내버스 기사들이 차로 보호벽을 쳐 주었고 진압 경찰이 서면로터리에 갇히기도 했다.

항쟁은 이처럼 음지에서 발단해 양지에서 완성되었다. 첩첩산중 앞길을 가로막는 바리케이드와 최루탄과 백골단을 뚫고 온 대학생과 노동자들에 의해 시작되고, 대명천지 큰길로 몰려나온 익명의 시민에 의해 마무리되었다. 대학생과 노동자는 뿌리로 스며드는 빗물이었으며 시민은 그 영양분으로 핀 꽃이었다. 그리고 20년, 돌아보니 그날 우리가 피워 올린 꽃이 온데간데없다.

그 꽃은 어떤 꽃이었던가? 분명하고 강건한 꽃, 아직 우리 가슴 속에서 피고 있는 꽃인가? 잠시 화사하게 피었다 진 꽃은 아니었던가? 잠시 제 자태를 뽐내며 으스대다가 어느 순간 소리 소문 없이 지고만 꽃은 아니었던가?

유월항쟁 20년, 다시 돌아보니 그날 피워 올린 꽃이 얼마나 쉽게 지고 말았는지 알겠다. 저 아래 뿌리들이 흘린 피땀에 비해 얼마나 허망한 꽃이었는지 알겠다. 다 제 잘난 탓인 줄 알았던 꽃의 과오가 아니겠는가. 이만하면 되었다고 희희낙락한 꽃의 잘못이 아니겠는

가. 그로부터 20년, 눈물로 피워 올렸던 한 떨기 꽃에 대한 기억조차 희미해진 20년, 그 꽃을 가슴에 품지도 가꾸지도 않았던 20년을 생각한다.

수영성 수영사람 수영강

수영에 스며들다

서른 초반 직장을 따라 서울 가서 살았던 2년여를 제외하고는 줄곧 부산에 길들여지고 부산에 스며들면서 살았다. 터를 잡고 산다는 것은, 그 터를 자기에 맞추는 것이 아니라 자기가 그 터에 섞이고 동화된다는 것이다. 젖먹이 때 나와 버려서 출생지 이상의 의미를 찾기 어려운 창녕의 강변마을 남지는 그래서 나에게 늘 낯설다. 그리워 할 유년의 기억이 없는 고향은 고향이랄 수 없을 것이다. 그 때문에 나는 창녕 땅에 대한 모종의 부채를 안고 산다.

원거리 화물차의 조수로 취직한 아버지를 따라 어머니와 나는 이렇다 할 연고도 없는 부산에 와서 겨우 방 한 칸을 구해 도시생활을 시작했다. 전세 얻을 돈이 모였을 때 산 아래로 내려와 매축지에 방을 얻었고, 동생들이 태어났다. 집을 가지게 된 것은 그런 전세방을 몇 번 더 떠돌고 나서였다. 소유권을 가진 우리 집에서 살게 되었지만 나는 여전히 정착했다는 생각은 들지 않았다. 그저 흘러가는 도중에 조금 더 안정되게 붙들 만한 부표 하나를 잡은 기분이었다. 아마 산업화의 유민으로 도시에 흘러온 때문이기도 하겠지만 부산이 갖는 유동성 때문이기도 했을 것이다. 부산은 한자리에 뿌리를 내리고 성장해가는 도시라기보다는 쉴 새 없이 흘러가면서 변화하고 도약하는 도시가 아닌가. 부암, 당감, 연지를 거쳐 양정에 이르기까지, 약 45년에 걸친 나의 부산살이는 그렇게 정처 없이 떠도는 삶이었다.

그러다 5년 전 여름, 지금 살고 있는 수영으로 옮겨오면서 그 부유하는 출렁거림이 부산의 전부가 아니라는 것을 알게 되었다. 성북길 27호. 수영성의 북쪽길이라고 하여 붙여진 성북이라는 길 이름이 우선 좋았다. 행세깨나 하던 관리들이 살던 성의 남쪽이나 동쪽이 아닌 성의 북쪽에 있는 나의 집은 아전과 같은 졸개들이나 농사짓던 평민과 상민들이 살던 곳이었을 것이니, 중뿔나게 머리 처들 일 없는 나에게는 정말 맞춤한 동네로 여겨졌다. 이삿짐을 옮긴 첫날 밤, 낯선 곳에서는 잠을 설치기 마련인 평소 습관과는 달리 나는 아주 편안한 단잠을 잤다. 새벽에 잠시 잠을 깼을 때 집 뒤편의 도시고속도로를 질주하는 자동차들의 소리를 들었다. 그것은 자동차 바퀴가 아스팔트를 스치며 내는 소리였지만 나에게는 그것이 빠르게 지나가는 바람소리로 들렸다. 한밤중에도 새벽녘에도 잡다한 소음들이 서로 뒤엉키고 뒤섞이는 소리에 익숙해 있던 나에게 성북길에서 듣게 된 그 소리는 아주 색다른 체험이었다. 그것은 소음이 아닌 독립된 하나의 소리였다. 소음은 주류의 소리를 방해하고 거스르며 내는 소리일 것인데 수영성 아래에서 들은 그날 밤의 소리는 그 자체로 하나의 독립된 주류였다. 다른 소리는 아무 것도 들리지 않는 캄캄한 정적만이 감돌았으니 말이다.

그 경이로운 경험에 이어 나는 곧 밤에 풀벌레들이 내는 소리를 주류의 소리로 듣게 되었다. 그 풀벌레 소리는 맞은편 성도마성당의 풀섶에서 나는 소리였는데 처음에는 아주 미미했지만 점점 더 크게 내 머리맡에 다가왔고 그 소리를 조금 더 가까이서 들으려고, 그 벌레들과 조금 더 가까이서 살려고, 이삿짐 정리가 끝나고 제일 먼저 마당의 일부를 파헤쳐 나무를 심고 씨를 뿌렸다. 마당에 나무를 심으려고 시멘트를 걷어내고 땅을 팔 때 보니 차지고 검은 흙이 나왔다. 수영성으로부터 북서 방향으로 걸어서 10여 분인 우리 집은 한때 비옥한 논이었을 것이다. 거기서 또 욕심을 내서 저녁 먹은 뒤 뒷짐을 진 채 설렁설렁 걸어 수영사적공원을 한 바퀴 돌아왔다. 아주 느린 나의 걸음으로 10여 분인 수영사적공원까지 가는 길은 잘해야 너덧 사람과 마주칠 정도로 한적했다. 여름밤 골목 외등 아래 자리를 펴놓고 화투를 치거나 바둑을 두는 노인들이 있었고, 벌레소리는 수영성이 가까워질수록 점점 더 요란해졌다. 그동안 산업화로 급조된 소란스러운 동네를 부산의 전부로 알고 있었던 나는 부산으로 흘러들어온 지 거의 반백년 만에 비로소 부산의 관문을 들어서고 있던 것이다.

수영팔경

수영동은 조선시대 경상좌도 수군절도사영이 있었던 곳인데 수영(水營)이란 이름은 수군의 '수' 자와 절도사영의 '영' 자를 따와 붙인 것이다. 원래 경상좌수영은 부산의 감만이포(지금 감만동)에 있었으나 태종 때 울산 개운포로 이전하였고, 다시 선조 25년 동래남촌(지금 수영)으로 옮겨졌다. 그 후 인조 13년(1635년)에 사천(지금 수영천)의 홍수로 선창의 수로가 매몰되어 병선의 출입과 정박이 불편하여 다시 감만이포로 옮겼으나, 효종 3년(1652년)에 다시 옮겨 고종 32년(1895)까지 약 243년간 자리를 지켰다. 예전에는 둘레 1,193보, 높이 13척의 규모였던 수영성 내부만을 수영동이라고 하였다가 점차 확대되었으며, 오늘날의 수영동은 동래부 남촌면의 1동 15리 중에서 동부리, 서부리, 북문외리, 남문외리의 4리가 이에 해당된다. 1895년 구군제가 폐지되고 일제가 조선을 합병한 후 이곳을 수영이라 하였는데 1942년 10월 1일 시구확장에 따라 부산부로 편입되어 이곳에 수영출장소가 설치되었다.

수영교차로에서 북쪽으로 200m 거리, 지하철 수영역 2번 출구에서 걸어 5분 거리인 수영사적공원은 조선시대 동남해안을 관할했던 수군 군영인 경상좌도수군절도사영이 있던 자리다. 이 공원 안에는 25의용단(시 지정 기념물 제12호), 좌수영 성지(시 지정 기념물 제8호), 수영성 남문(시 지정 유형문화재 제17호) 등 유형문화재 3종과 수영농청놀이(시 지정 무형문화재 제2호), 수영들놀음(중요무형문화재 제43호), 좌수영어방놀이(중요무형문화재 제62호) 등 무형문화재 3종, 수영동 푸조나무(천연기념물 제311호)와 수영동 곰솔(천연기념물 제270호)과 같은 천연기념물 2종, 안용복 장군 충혼탑 등 비지정 문화유적 5종이 있으며, 이를 보존 관리하고 있는 (사)수영고적민속예술보존협회가 있는 수영민속예술관 건물과 공연장으로 쓰이는 놀이마당이 있다.

태백산맥이 마지막 정기를 모아 부산 시내로 들어서서 금련산맥을 이루고 그 금련산맥이 황령산, 금련산과 더불어 남천만을 이룬다. 수영의 서남쪽은 부산항의 부산만이 되고 동남쪽은 수영만과 수영강이 되어 바다와 강으로 양 어깨를 이루고 있다. 물 수(水)가 들어가는 수영이라는 동명은 그래서 당연한 명명이며 헤엄칠 영(泳)을 이름 가운데 갖고 있는 내게 있어서도 수영 이주는 물고기가 물은 만난 형국이다.

수영사적공원의 높이가 이런 지세를 한눈에 조망할 수 있는 여건은 못되지만 공원의 정상에서 해운대 쪽을 바라보면 그런대로 시원한 눈맛을 느낄 수 있다. 조망권이 여의찮은 것은 이곳의 위치가 낮아서가 아니라 우후죽순 들어선 아파트 단지 때문일 것이다. 옛 사람들은 여기에 서서 수영의 여덟 가지 절경을 수영팔경으로 노래했다.

진두어화(津頭漁火) - 수영강 하구 고기잡이 배의 불빛 모습

장산낙조(萇山落照) - 해질녘 장산에 드리워지는 낙조의 아름다움

재송직화(栽松織火) - 해질녘 재송마을의 베 짜는 집에서 밝힌 등

잔불의 모습

연산모종(蓮山暮鐘) - 해질녘 금련산의 절에서 들려오던 범종소리

운대귀범(雲臺歸帆) - 해운대 쪽에서 돌아오는 돛단배의 감회어
린 정감

봉대월출(烽臺月出) - 해운대 뒷산인 간비오산의 봉수대에서 떠
오르는 달의 경관

남장낙안(南場落雁) - 광안리 해변에 기러기가 내려앉는 모습

백산만취(白山晚翠) - 해질녘 백산의 푸르름이 바다에 드리워지
는 경관

수영팔경은 수영의 향토사학자 최한복 선생이 정리하고 국어학자
박지홍을 통해 알려졌다. 최한복(1895~1968)은 수영 출신 교육자로
일제 때 국권 회복을 위해 야간학교인 동래읍 동명학교에서 학생들
에게 조국의 소중함과 겨레의 자랑스러움을 가르쳤다. 그는 수영의
역사와 정경을 수록한 「수영유사」를 썼는데, 그 서시 격인 〈수영팔
경 서사〉가 25의용단에서 놀이마당으로 올라가는 길 한편에 토향회
에서 세운 〈수영팔경가사비〉로 서 있다.

25의용과 안용복

수영사적공원 북쪽에 자리한 〈25의용단〉 입구는 늘 굳게 잠겨 있

어서 안으로 들어가 보지 못했다. 기왓장이 얹힌 의용단 낮은 담벼락 길을 따라 걸으면 안이 들여다보이기 때문에 굳이 욕심을 낼 필요도 없었다. 수십 보를 걸으면 끝나는 짧은 담이지만 부산에서 이만큼 아늑하고 조용한 담벼락을 만나기도 쉽지 않아서, 나는 그 길을 좋아한다. 집에서 키우던 새나 고양이 같은 것들이 죽었을 때 나는 이 의용단 담벼락 뒤 고목 아래에 그들을 묻었다. 〈25의용단〉의 내력은 이러하다.

임진왜란이 발발하자 경상좌수사 박홍은 성을 버리고 도망을 쳤고, 수영성에 침입한 왜군은 7년 동안 이곳에 주둔하며 약탈과 살육을 감행했다. 이런 적의 침략에 맞서 이곳 수군과 성민 25인은 죽기를 각오하고 왜군과 싸우기로 결의하고 7년 동안 유격전으로 적에 대항하였다. 〈25의용단〉은 그들의 의용을 기리기 위해 세운 것이다. 이들 25인의 사적이 세상에 알려진 것은 1609년 동래부사 이안눌이 지방민의 청원에 따라 이들의 사적을 널리 수집하여 정방록에 싣고, 그 집의 문에 '의용(義勇)' 이라는 두 글자를 써 붙인 데서 비롯되었다. 그 후 순조 때 동래부사 오한원은 후손들에게 역(亦)의 의무를 면제시켜주고 글을 지어 포장하였고, 1853년에는 경상좌수사 장인식이 수영공원에 비를 세워 의용단이라 이름하고, 재실을 지어 봄가을 두 차례에 걸쳐 제향을 봉행했다. 제주는 좌수사가 되었으며, 매년 삼월과 구월의 정일(丁日)이 파제일로 되어 있다. 1894년 군제개혁으로 좌수영이 폐지되자 수영면의 면장이 제사를 주관하였다. 일제강점기에 일본인 면장이 부임한 이후에는 수영기

로회에서 제향을 주재하다, 1977년부터 사단법인 수영고적민속예술보존회가 매년 음력 삼월과 구월 말정일(末丁日)에 제사를 봉행하고 있다.

이상이 기록으로 남은 〈25의용단〉의 내력이지만 그때 의인의 수가 정확히 25인이었는지에 대해서 나는 의구심을 품고 있다. 김옥개, 정인강 등 의용단 경내에 비석이 세워진 25인 이외에도 이름을 남기지 못하고 앞서 죽은 의병들도 많았을 것이다. 역사는 대체로 마지막까지 남은 자의 이름으로 기록되는 것이 아니겠는가. 그래서 의용단 담벼락을 거닐며 나는 그 무명용사의 넋에 경배한다.

올해는 이 글을 쓰려고 수영공원을 둘러보러 가다가, 바로 다음날이 〈25의용단〉에 제사를 올리는 날임을 알았다. 다음날 시간에 맞춰 〈25의용단〉을 찾은 나는 초여름 따사로운 햇볕 아래서 봉행되는 제 301회 춘계향사제(春季享祀祭)를 처음부터 끝까지 지켜보게 되었다. 제사는 엄숙하고 까다로운 유교식 절차에 의해 거행되었는데, 수영성을 지킨 25인의 의인을 기리는 날인만큼 수영구의 주요 인물들은 거의 다 모인 것 같았다. 알고 보니 꼭 들러보고 싶은 이들을 위해 주차장에서 열쇠를 관리하고 있다고 하니, 언제든 마음만 먹으면 들러볼 수 있는 곳이었다.

안용복 장군은 〈25의용단〉을 지나 사적공원의 오솔길을 따라가면 만날 수 있다. 오솔길이라고 했지만 그 길은 공원 입구의 4~5층 빌라와 키재기를 하고 있는 낮은 언덕이다. 최근 독도 문제로 일본과 마찰이 빚어지면서 안용복 장군은 국민적인 스타가 되었는데 그의 키 역시 작았다고 한다. 최근 수영사적공원이 새롭게 정비되면서 조성된 사당 앞에는 동해바다를 바라보며 서 있는 안용복 장군의 동상이 있다. 수영성 변방의 어부였으나 지금은 장군의 칭호를 받고 있는 그의 동상을 보면 어느 영웅 못지않게 우람하고 늠름하다.

안용복은 동래부에서 출생한 조선 숙종 때의 어부였다. 1693년 동래어민과 함께 울릉도에 고기 잡으러 갔다가 일본인 어부들에 의해 인슈에 납치되었는데 안용복은 오히려 호키슈 번주와 에도바쿠후에게 울릉도가 조선의 땅임을 주장, 그들로부터 이를 인정하는 서계를 받았다. 그러나 귀국 도중 쓰시마 도주에게 빼앗겨 조선인의 울릉도 출어금지 요청서를 받아 가지고 귀국했다. 이에 조선 정부는 동래의 일본사신에게 울릉도가 조선땅임을 주장했으나, 조선 정부의 공도정책(空島政策)에 협조해줄 것을 권고하는 선에서 그쳤다. 1696년 안용복은 울릉도에서 고기잡이를 하던 중 일본 어선을 발견, 강제 정박시켜 불법어로 사실을 문책한 다음, 울릉우산양도감세관(鬱陵于山兩島監稅官)을 자칭하고, 일본 호키슈 번주에게 경계를 침범한 사실을 항의하여 사과를 받고 돌아왔다. 이런 안용복을 우리나라 관리들은 국경이탈죄로 감옥에 가두었다는 기록도 있다. 1697년 일본 바쿠후는 공식으로 울릉도가 조선의 땅임을 확인하는 통지를 보내, 이후 철종 때까지 울릉도에 대한 분쟁이 없었다.

안용복 장군의 이야기는 일찍이 부산의 두 작가가 동화와 소설로

썼다. 향파 이주홍이 쓴 초등학생을 위한 동화 『바다의 사자 안용복』, 솔뫼 최해군이 쓴 장편소설 『동해의 독전사 안용복』이 책으로 나온 바 있다.

역사에는 이런 의인만 있는 것이 아니다. 아니 이런 의인은 대체로 무지렁이 농투산이들일 경우가 더 많았다. 수영성이 왜군에 의해 함락되었을 때 이곳의 수장인 경상좌수사 박홍은 제일 먼저 줄행랑을 쳤다. 그의 행적과 같지는 않겠지만 그런 속성을 비슷하게 갖고 있었을 권력층의 행적을 기리는 선정비가 안용복 장군 사당 뒤쪽에 줄을 서 있다. 선정비 오른쪽에 이것들을 한자리에 모아놓게 된 경위가 적혀 있다. 이곳은 경상좌도수군절도사영의 옛터로 이 비석들은 조선 인조 17년(1639)에서 고종 27년(1890) 사이 수군절도사와 부관인 우후의 재임 중 공덕을 칭송하는 선정비(善政碑)로 수영성 남문 주변에 흩어져 있던 것을 모아 2002년에 정비한 것이라는 설명을 달고 있다.

지난 가을에서 겨울까지 저녁 산책을 하는 길에 나는 이 선정비 뒤편에 담요 한 장을 덮고 잠을 청하는 노숙자를 몇 번 보았다. 그들이 없는 날 거기 들어가 보았더니 언덕 아래 움푹 들어간 지형 때문인지 그런대로 큰 추위는 피할 만한 곳이었다. 선정비의 주인공들 대부분은 살아서도 무풍지대에서 살았을 것인데, 거기에 기대어 바람을 피하는 노숙자들이 있다는 게 참 아이러니컬하다.

푸조나무와 곰솔

선정비 아래편에는 수령 500년의 수영동 푸조나무가 있다. 2003년 여름 지금 살고 있는 수영집을 단번에 계약한 것도 이 푸조나무 때문이었지만 친구들로부터는 왜 이리 낡은 집을 샀느냐는 핀잔을 들었다. 어느 부동산업자는 아파트를 사서 거액을 남길 수 있는 일생일대의 찬스를 놓쳤다고 놀렸다. 그래도 나는 그런 몰경제성을 아직 후회해본 적이 없다. 푸조나무와 이웃해 사는 가치가 그것보다 수백 배 크면 컸지 모자라지 않는다고 믿기 때문이다.

10여 년 전 처음 푸조나무를 보았을 때는 주변이 온통 쓰레기천지였고, 민가의 담벼락에 가지를 기댄 모습이었는데, 내가 이사를 왔을 때에는 그런대로 주변이 정리되고 나무의 몸통을 어루만질 수 있게 열려 있었다. 그러나 지금은 나무의 생육을 위해 단단한 새시로 울타리를 둘러놓았다. 푸조나무의 가지는 하도 넓고 풍성해서 그 울타리 밖으로 한참을 뻗어 나와 있어서 나는 오며가며 그 가지 끝의 잎사귀들을 어루만져보는 행복을 누리고 산다. 푸조나무를 소개하면 대략 다음과 같다.

천연기념물 311호인 수영동 푸조나무는 수령 약 500년으로 수영공원에 있는 수영성에서 서쪽으로 5m 정도 떨어진 곳에 위치하며 높이 20m, 지름 2m, 둘레는 10m 정도이다. 본줄기는 한 개지만 줄기의 비대생장(제2기 생장)의 발생이 많다. 쉽게 말해서 푸조나무는 옹이가 많다. 그 옹이가 워낙 커서 나무는 신비로운 곡선을 이루며 위로 또

옆으로 뻗어 있다. 나무의 윗부분은 폭 24m 정도의 원형을 이루고 있으며, 윗부분의 끝이 땅 가까이까지 접하고 있어 나무 아래로 들어가려면 머리를 숙여야 할 정도다.

이 푸조나무는 오랫동안 마을 주민들에게 신성시되고 있는 나무인데 그 앞에서 두 손을 합장해 절을 하는 아낙들과 향과 초를 피우고 치성을 드리는 무당들을 심심찮게 볼 수 있다. 예진에는 푸조나무와 40m 정도 떨어진 곳에 있는 수영고당 송씨 할머니당(堂)에서 음력 정월 보름마다 한해의 무사안녕을 비는 마을제사를 지낸 후 자리를 옮겨 수영야류를 연희했다고 한다. 이 푸조나무는 일명 지신목이라고 하며 할머니의 넋이 깃들어 있어 나무에서 떨어져도 다치는 일이 없다고 한다.

푸조나무는 느릅나무과에 속하며, 전라도와 경상도 등 따뜻한 남부지방의 해발 700m 이하 지역과 경기도 이남의 해안 및 마을 부근에서 자생하는 낙엽교목이다. 줄기는 곧고, 나무의 윗부분은 느티나무처럼 우산 모양으로 넓게 퍼진다. 얼마간의 내음성을 가지고 있으며 건조한 곳에서는 생장이 불량하고 대기오염에 대한 저항성도 약해서 도심지에서는 잘 자라지 못한다. 나무의 기운은 강건하고 병충해가 적으며 목재는 연하면서도 단단해서 세공재 등의 귀한 용도로 사용하는데 따뜻한 지방에서는 가로수, 공원수, 녹음수로 심기도 한다.

푸조나무에서 동쪽으로 몇 걸음만 가면 천연기념물 제270호인 수령 400년의 수영동 곰솔이 있다. 땅 위에 노출된 옆 뿌리 중 긴 것은

180cm 정도이며 가슴 높이의 직경은 약 1.4m 정도이며, 곰솔 특유의 원추형으로 그 높이가 27m에 달한다. 원줄기의 껍질무늬는 길이 약 21cm, 폭 약 9.8cm의 크기로 거북등과 같이 갈라져 소나무 줄기의 특성을 그대로 나타내고 있다.

옛날 좌수영에서 군선을 제조할 당시 이 나무에 목신이 들었다고 믿고 나무로 만든 군선을 보호하고 통괄하는 것으로 여겨 군사들이 이 나무에 제사를 지내며 무사하기를 빌었다. 그 때문에 마을사람들은 이 나무를 군선을 통괄하는 군신목(軍神木)이라 부르고 있다.

소나무과에 속하는 곰솔은 일명 해송, 흑송이라고도 하며, 바닷가나 해풍의 영향이 미치는 곳에 자생하는 상록침엽수 교목으로 나무껍질이 흑갈색, 겨울눈이 흰색이 점이 소나무와 다르다. 소나무에 비해 건장해 보이고 공해에 강하며, 해풍이나 건조, 습기에 대한 저항력이 강하여 방풍림, 해안사방림으로 이용되고 있다. 추위에 약해서 중부내륙지방 이북에서는 생장이 불가능하며, 해풍에 잘 견디기 때문에 주로 해안이나 간척지의 방풍림용이나 해안가의 가로수로 심는 나무다.

푸조나무가 할머니 나무라면 이 곰솔은 할아버지 나무라 할 만하다. 밖으로 드러난 품성도 푸조나무가 품이 넓고 부드럽다면 곰솔은 소나무의 기상이 그렇듯 높고 든든하다. 지난해 집에서 하룻밤을 묵고 간 울산의 정일근 시인에게 이 두 나무를 자랑삼아 보여주었더니 그는 이렇게 말했다.

"그래 맞다. 푸조나무는 니 나무고 곰솔은 내 나무다."

한편 나와 함께 사는 소설가 조명숙은 '곰솔은 당신 거, 푸조나무는 자기 나무' 라고 우긴다. 푸조나무에 송씨 할머니의 넋이 서려 있어서이기도 하지만 넓게 사방으로 퍼진 가지가 모성적 포용력을 상징하기 때문이라는 것이다. 사오백 년 동안 한자리에 붙박여서 뭇 인간사를 보아온 곰솔과 푸조나무가 저희들을 두고 다투는 좀스런 인간들의 소리를 듣는다면 실소를 금치 못할 것이다.

잎 하나 피우는 내 등 뒤로/한 번은 당신 샛별로 오고/한 번은 당신 소나기로 오고/그때마다 가시는 길 바라보느라/이렇게 많은 가지를 뻗었답니다//잎 하나 떨구는 발꿈치 아래/한 번은 당신 나그네로 오고/한 번은 당신 남의 님으로 오고/그때마다 아픔을 숨기느라/이렇게 많은 옹이를 남겼답니다//오늘 연초록 벌레로 오신 당신/아무도 보지 못하도록/이렇게 많은 잎을 피웠답니다.

—최영철 시 「잎-푸조나무 아래」

풍류

곰솔과 송씨 할머니당을 지나 수영성 남문을 빠져나가면 부산에서는 제법 큰 재래시장에 속하는 수영팔도시장으로 통하는 길이다. 남문을 두고 오솔길을 오르면 수영민속예술관과 수영사적원 건물 아래 넓고 둥근 놀이마당이 있다. 건물 아래쪽에서는 수영고적민속예술보존회의 연습과, 일반인을 대상으로 하는 강습으로 거의 매일 신명나는 풍물 장단이 이어지고 있으며, 주말에 산책 삼아 나갔다가 평소 보기 힘든 민속공연을 즐기는 재미 또한 수영성 근처에 사는 큰 즐거움 중의 하나다. 이곳에서 전승되고 있는 무형문화재들을 소개한다.

수영들놀음

중요무형문화재 제43호로 민속극이다. 수영에서는 예부터 탈놀음을 들놀음이라 불러왔다. 탈놀음의 목적 중의 하나가 풍년을 기원하는 것이었으므로 놀이마당도 농사터인 들이나 타작마당이었던 것이다. 수영들놀음의 역사는 200년 정도로 알려져 있는데 대사는 기록이 아니라 연희자의 입을 통해 전해져왔고 가면도 놀이 직후에 불태워버려서 증빙 자료는 남아 있지 않다. 다만 예전에 경상좌수사가 군사들의 사기를 높이기 위해 초계(草溪) 밤마리(지금 합천군 덕곡면 율지리)의 대 광대패를 데려다가 연희한 데서 비롯되었다고도 하고 또는 수영 사람이 큰 장터인 밤마리에 가서 보고 온 후 시작되었다고도 한다.

조선 말기부터 시작된 수영들놀음은 1930년대에 일제의 탄압으로 단절되었던 것을 해방 후 복원한 것이다. 1960년대에 들어서, 수양반(首兩班) 역의 최한복, 말뚝이 역의 조두영 씨의 구술과 증언으로 대사, 가면, 춤사위, 가락 등의 원형을 정비하고, 1971년에 중요무형문화재로 지정되어 오늘에 이르고 있다.

수영들놀음의 구성은 길놀이와 군무(群舞) 등의 전편과 양반과장, 영노과장, 할미·영감과장, 사자무과장 등 탈놀음 5과장의 후편으로 구성되어 있다. 문둥이과장이 없고 사자무과장이 포함되는 것이 동래야류와의 차이점이다.

수영들놀음은 정월대보름날 펼쳐지는 상원놀이로서 제의성, 사회성 및 예술성이 높은 축제적인 민속놀이이며, 예능보유 종목은 수양반, 영노, 할미, 영감, 악사 등이 있다.

좌수영어방놀이

중요무형문화재 62호로 어로요에 속한다. 수영은 연안어업이 성하여 어업협업체로 어방(漁

수영들놀음

坊)이 형성됐다. 비번의 수군들이 어방의 고기잡이에 참여하여 노동력, 조선술, 항해술을 제공함으로써 어업을 효율적이고 대형화할 수 있게 했고, 어민들은 어획물의 일부를 수군의 부식으로 제공한 형태의 어방은 지역 주민과 군인이 협동하는 어업 협업체로 발달하였다. 어방의 구성원들이 고기잡이를 할 때 작업의 호흡을 맞추고 노동의 고단함을 덜기 위해 불렀던 어로요가 수영어방놀이의 중심축을 이루고 있다. 놀이의 구성은 후리질을 하기 위해 줄틀로 줄을 꼬면서 부르는 내왕소리마당, 그물을 친 후 그물을 잡아당기면서 부르는 사리소리마당, 잡을 고기를 가래로 퍼 옮기면서 부르는 가래소리마당, 어부들이 풍어를 자축하며 부르는 칭칭소리마당으로 되어 있다.

좌수영어방놀이는 이 지역이 도시화되고 수영만 연안에서 더 이상 멸치잡이를 하지 않게 되자 현지 주민들이 1970년대에 이를 전승, 보존하려는 목적으로 멸치후리소리를 중심으로 연희화하였고 1978년에 중요무형문화재로 지정되었다. 멸치후리질에 직접 참여했던 사람들을 중심으로 노동 현장과 어로요를 충실히 재현하고 있다는 점에서 전승문화로서의 가치가 높다. 좌수영어방놀이의 앞부분을 소개한다.

내왕소리(줄틀에 줄을 꼬면서 부르는 노래)
(앞소리)에-헤야 에-헤야 (뒷소리)에-헤이 에-헤야
운천강에 (뒷소리) 에-헤야 가닥났다 (뒷소리)
남글비야 (뒷소리) 남글비야 (뒷소리)

거제봉산에 (뒷소리) 남글비야 (뒷소리)

배를 모아 (뒷소리) 배를 모아 (뒷소리)

상주강에 (뒷소리) 배를 모아 (뒷소리)

탁주바람에 (뒷소리) 띄워나 (뒷소리)

소주바람이 (뒷소리) 불거던 (뒷소리)

안주섬을 (뒷소리) 찾아가자 (뒷소리)

모았구나 (뒷소리) 모았구나 (뒷소리)

일등미색이 (뒷소리) 모았구나 (뒷소리)

한 잔 묵고 (뒷소리) 두 잔 묵고 (뒷소리)

취한 김에 (뒷소리) 본고도로 돌아가자 (뒷소리)

수영농청놀이

부산광역시 지정 무형문화재 제2호로 농요다. 수영 지방에서 벼농
사 때 부르던 농업노동요 및 농청(일종의 두레식 농업공동체)은 1960
년대까지 그 흔적이 남아 있었다. 그러나 급격한 도시화로 농사일을
하지 않게 되면서 농청의 풍습뿐 아니라 농요도 사라지게 되자, 이를
안타깝게 여긴 지역 주민들이 작업과정을 재현하고 연희화했으며,
1972년 부산시 무형문화재 제2호로 지정됐다.

수영농청놀이는 먼저 영각수가 땡갈을 불어 집합 신호를 하면 남
녀 농청원들이 농기구를 가지고 모여들어 농기(農旗), 농악대, 소, 농
부들, 부인들 순으로 정렬한다. 먼저 남녀 두 사람이 차례로 풀노래

를 부르고 이어서 남녀 농청원들은 농악 장단에 춤을 추며 일터로 상징되는 놀이마당으로 들어간다. 다음 여자 농청원들이 퇴장하고 남자 농청원들이 논갈이, 써레질, 가래질을 하면서 가래소리를 부른다. 그 다음으로 여자 농청원들이 들어와 모찌기를 하면서 모찌기소리를 부르고, 이어서 모심기를 하면서 모심기소리를 하는 동안 옆에서는 남자 농청원들이 보리타작을 하면서 도리깨타작소리를 한다. 이때 한 쪽에서는 여자 농청원들이 풍석으로 보리를 손질하고 밭을 매고 논두렁의 풀을 뽑는 등 잔일을 한다. 모심기가 끝나면 남자 농청원들이 논매기를 한 뒤에 동서 농청으로 나누어 소싸움을 붙이고, 칭칭소리를 하며 한바탕 놀다가 퇴장한다.

수영농청놀이는 농청을 통한 공동작업에 깃든 조상들의 협동, 단결, 근면 등의 정신적 유산과 전통민요를 전승시키는 데 큰 몫을 하고 있다. 수영농청놀이의 〈풀베기 소리〉 일부를 소개한다.

곤달비야 곤달비야 잘매산 곤달비야
토곡산을 넘지 마라
까마구야 까마구야 잘매산 갈까마구야
은재눗재 단재수재 단단히 가리물고
굵은 솔밭 지내가 이 잔솔밭을 자라드네

에……
딸아딸아 내 딸 봉덕아 어데로 갔나

내 딸 봉덕아 어데로 갔나

이후후후후

열아홉 살 묵은과부가

수물아홉 살 묵은딸을 잃고 딸 찾으러 올러간다

올러가다 올러가다 공달패기 미끄러져서

아파도 울고 섧어도 울고

내 딸 봉덕아 어데로 갔나

이후후후후

정과정곡

농업과 어업을 번갈아가며 했던 수영성 사람들의 이 가락들은 삶의 고달픔을 신명으로 풀어내는 청량제였을 것이다. 광안리 바다로 조용히 흘러드는 수영강의 유연한 흐름과 그 신명은 잘 어울리는 한 짝이었다.

수영강은 『동국여지승람』 『동래부지』에 〈사천(絲川)〉으로 기록되어 있는데 강의 길이가 부산에서 낙동강 다음으로 길고 폭도 넓어 부산에서는 가장 넓은 유역평야를 가졌고, 토사의 유입이 많아 하류에 삼각주의 형성도 넓다. 수영강의 이쪽과 건너편은 초고층 아파트와 센텀시티 등이 들어서고 있어 산과 강과 바다가 어우러지는 천혜의 주거지로 각광받고 있다. 수영2호교에 이어 지금 막 공사를 시작한 수영3호교가 완공되면 수영강은 바야흐로 부산의 한강 역할을 할 수 있을 것이다. 그렇지만 나처럼 산과 강과 바다를 있는 그대로 즐기려는 사람들에게는 그 고층 아파트들이 시야를 가로막는 야속한 흉물로 여겨지기도 한다.

수영강은 길이 30km로 가지산도립공원에 딸린 양산시 원효산(元曉山) 남쪽 계곡에서 발원하여 남쪽으로 흐르면서 법기, 회동의 두 저수지를 이룬 뒤 부산 해운대구와 연제구, 수영구의 경계를 거쳐 수영만으로 흘러든다. 그 수영강을 거슬러 오르다 아파트단지들 사이에 놓여 있어 무심히 지나치기 쉬운 정과정비(鄭瓜亭碑)를 만났다. 정과정비 주변은 최근 정비가 되었는데, 아파트단지 사이에 파묻혀 방치된 정과정 유적에 대해 시민단체가 문제제기를 해 새롭게 단장된 것이었다. 길 이름은 〈과정로〉라 붙여 놓고 정작 그 유적은 오랫동안 홀대한 자치단체의 작태가 이해할 수 없었다.

내 님믈 그리자와 우니다니
산접동새 난 이슷하요이다
아니시며 거츠르신달 아으
잔월(殘月) 효성(曉星)이 아라시리이다
넉시라도 님은 한대 녀겨라 아으
벼기더시니 뉘러시니잇가
과도 허믈도 천만(千萬) 업소이다
말힛마리신뎌

살읏븐뎌 아으

니미 나랄 하마 니자시니잇가

아소 님하 도람 드르샤 괴오쇼서

　정과정비에 새겨져 있는 〈정과정곡〉이다. 이 시의 작자 정서(鄭
敍)는 고려 18대 의종 때의 충신으로 억울하게 역적으로 몰려 귀양을
와서 지금의 수영구 망미2동 4-7번지 인근의 수영강변에서 오이를
기르며 살았다. 그가 임금을 그리며 쓴 가사 〈정과정곡〉이 『악학궤
범』에 남아 있는데 그것을 바탕으로 수영강변 아파트 단지 맞은편에
그를 기리는 시비가 세워진 것이다. 망미(望美)동이라는 지명도 임금
을 그리워한다는 뜻에서 유래했다는 설이 있다. 정서는 고려 때 내시
랑 벼슬을 하였는데 그를 비난하는 사람이 있어 귀양을 갔지만 곧 다
시 부르겠다는 의종의 말만 믿고 기다리고 기다리다 서운하고 애타
는 마음을 억누를 길이 없어 이 시를 읊었지만 정작 그가 다시 기용
된 것은 유배된 1151년에서 이십 년이 지난 1170년 정중부의 난으로
의종이 쫓겨나고 명종이 즉위한 뒤였다.

　정서의 임금을 향한 이 애타는 사랑가를 무엇으로 해석해야 할까.
권력과 입신양명을 지향한 사대부의 초지일관에 숨이 막혔다. 그리
고 나는 수영강을 더 이상 거슬러 오르지 못했다. 강을 따라가며 이
어지던 아파트들이 철통같이 길을 가로막아서이기도 했지만, 아파트
단지가 끝나는 곳에 거대한 하수종말처리장이 버티고 있었기 때문이
다. 나는 결국 모천으로 돌아가지는 못했다.

제2부
작품들

❀

산복도로는 지상의 길이지만 지상이 아닌
허공을 달린다. 길은 하늘에도 있고 바다에
도 있지만 지상의 길은 층층으로 겹을 이루
고 있다. 지하와 평지와 고가와 산복으로 뚫
려 있다. 그 길들은 제각기 따로 떨어져 있
지 않고 언젠가는 다시 만난다. 올라갔던 길
은 내려오고 내려왔던 길은 다시 올라간다.

보수동 헌책방 골목

동백아가씨

질박한 주름에 희망이 피었다

부산은 인간의 구체적인 삶을 드러내려는 리얼리즘 예술가들에게 더없이 좋은 작업 공간이다. 쉼 없이 요동치며 흘러가고 있는 부산의 삶은 언뜻 중구난방으로 보일 수도 있으나 그 움직임은 활기차고 맹렬하다. 별다른 가식이 없는 생짜배기 이미지들로 넘쳐난다. 사진작가 최민식은 일찍이 그것을 간파했다. 그의 사진은 정지된 평면의 인화지에 표현된 것이지만 그 속에는 인간군상의 온갖 희로애락이 꿈틀대고 있다. 해풍에 그을린 검붉은 피부와 고단한 삶의 흔적이 새겨진 깊은 주름에는 패배자로 굴복하지 않으려는 만만찮은 오기가 도사리고 있다.

그의 사진이 드러낸 궁색하고 비극적인 정황들, 생선상자 옆의 무료한 노인들과 바닥에 엎드린 상이군인과 쭈그러진 양재기에서 무엇인가를 허겁지겁 집어먹고 있는 하층민의 절박한 모습들은 그래서 아이러니하게도 절망이 아닌 희망으로 변주된다. 어떤 폭풍우가 몰아쳐도 쉽게 침몰할 것 같지 않은 질기고 옹골찬 생명력으로 다음 출항을 기다리고 있는 얼굴들이다.

반세기에 이르는 그의 사진작업은 무척 방대하지만 그 행보는 고집스러울 만큼 한 길이었다. 오십 년 전이나 지금이나 낮은 곳을 향해 치열하게 움직이는 카메라의 시선은 변하지 않았다. 모든 예술은 아름다움에 대한 추구일 것인데, 최민식의 미적 감각은 환하게 피어나는 꽃이나 어여쁜 여인의 자태 앞에서가 아니라 땀 흘리는 노동의 일상과 굴곡진 삶의 무늬가 그려진 주름진 생의 관록 앞에서 잘 발동한다. 그는 그것이 곱고 부드럽고 향기로운 것보다 더 아름답다고 믿고 있는 듯하다. 그런 그의 미의식은 통상적으로 붙이는 작품 제목까지 무시하고 있다. 피사체를 있는 그대로 보아 달라는 당부일 것이다. 철저한 재현이다.

우리 역시 부산의 어느 귀퉁이에서 자주 이 피사체들을 만났을 것이나 주변을 에워싼 다른 풍경에 이끌리느라 이들을 놓치고 지나왔다. 최민식의 사진은 무엇을 보여주기 위해서도 기능하지만 무엇을 보지 못하게 한 주변 풍경을 시야 밖으로 내보내기 위해서도 작용한다. 화려한 미사여구를 떨구어낸 그의 사진 세 컷을 자세히 들여다보았다.

1950년대, 전쟁과 가난으로 점철된 시대였다. 전후의 부산은 고향으로 돌아가지 못한 피난민들과 밥벌이를 위해 몰려든 이주민들이 뒤섞인 또 다른 한판 전쟁터였다. 최민식 사진 〈부산, 1959〉 속의 꼬마는 부모님을 따라 부산으로 흘러들었던 세 살배기 최영철을 닮았다. 산동네 하꼬방 한 칸을 얻어 놓고 아버지는 일을 찾아 나가고 어

최민식 〈부산, 1959〉

머니는 방구들만 지고 있을 수 없어 고구마를 팔러 나왔다. 아이가 딸려 몸을 움직이는 일은 못하고 밑천이 없어 그럴듯한 물건을 들고 나오지도 못하고, 급한 대로 시작한 고구마 장사. 어머니는 길 저쪽의 행인들을 보고 있다. 세 무더기를 올려 놓고 있다가 금방 한 무더기를 팔았고 그것을 사들고 가는 사람을 부러운 시선으로 보고 있는 것도 같다.

그렇거나 말거나 뒤편의 아이는 시종일관 고구마를 쏘아보고 있다. 몇 번 손을 가져갔다가 어머니에게 볼기를 맞은 것도 같다. 그렇거나 말거나 아이의 고구마를 향한 갈구는 조금도 흐트러짐이 없다. 뒤로 틀어 벽을 짚고 있는 한쪽 팔은 그것을 참지 못해 하는 자신과의 힘겨운 줄다리기를 보여주고 있다. 아이의 아슬아슬한 인내심과 고구마를 팔아 약간의 돈을 갖게 된 어머니의 나른한 안도감이 묘한 대비를 이루고 있다. 최민식의 카메라가 지나간 뒤 아이는 더 이상 배고픔을 참지 못하고 한바탕 울음을 터트렸을지도 모르겠다.

급한 불은 껐으나 더 잘 살아야 한다는 열망이 충만했던 시절, 사촌이 땅을 사면 배가 아팠던 경쟁의 시대였다. 50년대의 여인은 딸린 아이 때문에 미온적이었지만 최민식 〈부산, 1976〉 속의 칠십년대 여인은 아이를 들쳐 업고 장터로 나왔다. 눈빛부터 다르지 않은가. 무슨 수를 쓰든 반드시 잘 살아보고야 말겠다는 의지가 불타오르고 있다. 그런데 금방 말아 올린 한 젓가락의 자장면을 자신의 입으로 가져갈 것 같지는 않다. 그 전에 자신이 이미 한 젓가락을 맛보았다면 입가에 자장의 흔적이 남아 있을 법한데 그렇지가 않다. 지금 먹으려

최민식 〈부산, 1976〉

고 한다면 입을 실룩거려 자장면의 단맛을 맞이할 준비를 하고 있을 터인데 그렇지도 않다. 이 자장면의 앞의 몇 젓가락은 오로지 아이에게 먹일 요량인 것이다.

아이는 그런 어머니의 마음도 모르고 급한 마음에 손으로 자장을 찍어 맛보고 있다. 이쯤에서 여인의 눈빛이 이해가 간다. 고구마를 팔고 있던 17년 전의 여인과 아이를 들쳐 업은 17년 후의 어인. 다 같이 생활전선에 뛰어들었지만 앞은 소극적이고 뒤는 적극적이다. 앞은 여의치 않으면 철수할 태세지만 뒤는 무슨 일이 있어도 절대 물러서지 않을 듯 단단히 배수진을 친 눈빛이다. 물론 아이 때문이다. 이 여인이 1959년의 사진 속으로 들어간다면 아이의 손에 먼저 큼지막한 고구마 하나를 쥐어주었을 것이다.

최민식 〈부산, 1985〉 속의 이 남자는 20년이 훨씬 지난 지금도 뚜렷이 내 기억 속에 각인되어 있다. 내가 근무하던 출판사 사무실이 중앙동 산업은행 옆이었고 그 건너편이 제작처가 밀집해 있던 인쇄 골목이었다. 그 길을 사무실 앞의 육교로 하루 서너 번씩 건너다녔는데 그를 처음 본 것이 그 육교 위에서였다. 외다리 외팔이었다. 사진 속의 모습 그대로 오른 팔에 신문을 들고 오른 다리로 펄쩍펄쩍 뛰어 육교를 건너고 있었다. 교정지 곳곳에 도사린 오탈자와 씨름하느라 아직 덜 깬 술기운과 씨름하느라 혼미한 기운이었던 나는, 육교 난간에 의지해 조심스럽게 계단을 내려가고 있던 중이었다. 그런데 그는 잠시의 주저도 없이 펄쩍펄쩍 뛰어 육교를 건너갔다. 나는 한참 그 자리에 얼어붙어 길 건너편으로 멀어져가는 그를 바라보았다. 그것

최민식 〈부산, 1985〉

은 전력투구의 문제였다. 발이 열이라도 전력으로 가지 않는다면 전력으로 나아가고자 하는 하나에도 미치지 못하는 것이었다. 나의 게으른 걸음이 부끄러웠다. 그는 한쪽 다리가 없는 것이 아니라 시련의 한때를 넘기려고 두루미처럼 한쪽 다리를 가슴 속에 품고 있는 것이라 여겼다. 나 역시 그를 만난 감격을 시로 쓴 바 있다.

20년 전 그를 사진으로 다시 확인하며 지금 니는 또 한 번의 낭패감을 느낀다. 그때는 미처 보지 못하였지만 사진 속의 표정은 여유 있는 엷은 미소까지 지어 보이고 있지 않은가. 나는 이미 그때 그에게 완전히 케이오패 당했던 것이다. 하여 이런 시를 쓴 적이 있다.

외다리 외팔로/중앙동 거리를 뛰어다니던 신문팔이가 있었다/한쪽 다리 가슴에 품고 선 두루미처럼/그도 한쪽 팔 다리 숨기고 있는 것이라 생각했다/반쪽의 상실을 견디려고/두루미는 지상의 외로움에 깃발 꽂고/밤을 지켰다/아무 지지대도 없이/육교 계단을 펄쩍펄쩍 뛰어 넘어와/갓 구워 낸 신문 한 장 내밀었다/아직 모락모락 김이 나는 갈피 사이에서/밤을 설친 두루미들이 날아올랐다/침묵을 끌어안고 녹인/한쪽 팔 다리에 훈김이 솟고/신문팔이 어깨 위로 날개가 돋았다/푸드득 활자들이/바다 너머로 일제히 솟구쳤다.

―최영철 시 「눈부신 아침」

동백꽃, 붉고 시린 눈물

동백꽃, 붉고 시린 눈물

동백은 부산 사람의 질긴 생명력을 닮았다. 진녹색 잎과 진홍색 꽃의 조화는 푸른 바다를 배경으로 한 넓고 싱싱한 생명력을, 거기에 삶의 뿌리를 내리고 있는 부산 사람의 뜨거운 가슴을 닮았다. 찬바람을 묵묵히 이겨내고 피었다가 만개한 통꽃 상태 그대로 툭 떨어지는 꽃의 낙화 역시 부산 사람의 화통한 기질과 닮았다.

동백은 강건한 꽃이다. 늦겨울에서 이른 봄 사이, 혹한에 시달리며 그럭저럭 겨울을 견뎌낼 내성이 생겼을 때 동백은 빨간색과 흰색의 꽃을 피워 올린다. 추위에 얼어붙은 대자연의 감각세포를 두드려 깨우며, 이제 그만 봄을 포기하려는 우리를 나무라며 동백은 핀다. 무채색의 겨울, 빛을 잃고 맛을 잃고 향기를 잃어갈 즈음 동백은 핀다. 이대로 꽁꽁 얼어붙어서는 안 된다고 소리치며 동백은 핀다.

동백은 애절한 꽃이다. 겨울 칼바람을 꿋꿋이 견뎌냈음에도 불구하고, 그것을 짙붉은 입술로 녹여 물리쳤음에도 불구하고, 마침내 찾아온 봄을 다 껴안지도 못하고 고개를 떨군다. 아지랑이처럼 다투어

피는 작은 싹들 위에 그 육중한 몸을 내려놓는다. 살얼음의 겨울은 나의 것이고 이 환장할 봄기운은 모두 너의 것이라며 땅 속 씨앗들의 거름이 된다. 왜장을 안고 강물에 뛰어들었던 논개처럼, 동백은 가지 않겠다고 버티는 몹쓸 겨울을 부둥켜안고 아래로 떨어진다.

강건하면 자신만만하기 쉽고 애절하면 구차하기 쉽다. 그러나 동백은 강건하면서도 애절하다. 강건해지려고 이를 악무는 사이 안은 애절해졌고, 그 애절함이 님을 힘들게 하지 않으려고 다시 이를 악무는 사이 밖은 더욱 강건해졌다. 강건하나 자신만만하지 않고 애절하나 구차하지 않다. 그렇게 단련된 것이 동백이고 그 동백이 부산을 상징하는 꽃과 나무가 된 것은 필연이었다. 짙붉은 동백꽃은 모진 세월을 견딘 부산의 얼굴로 입을 꾹 다물고 피어 있다. 동백섬에도 시청 광장에도 우리 집 화단에도 피었다.

그리고 지금 장렬하게 떨어지고 있다. 자신의 몸을 갈가리 찢으며 남은 자의 가슴에 한 아름 상처를 남겨야 직성이 풀리는 갈래꽃과는 달리, 통꽃인 동백은 온몸으로 일시에 툭 떨어진다. 따스하고 찬란한 봄의 영화는 이제 막 피어난 어린 것들에게 다 주고, 한 점 원망과 미련도 없이 겨울의 등을 떠밀며 사라진다. 우리 어머니의 어머니들, 구차하게 뒤끝을 남기지 않는 부산의 기질을 닮았다.

그렇다고 어디 속조차 의연했으랴. 혹여 님이 힘들어하실까 봐 무심하게 매정하게 돌아서 왔지만 모퉁이를 돌아서고 난 뒤, 님이 보지 못하는 먼 곳까지 물러선 뒤 동백은 혼자 흐느껴 울었을 것이다. 떨어진 동백은 그 얼룩진 눈물로 더 짙붉다. 사랑을 이루지 못하고 멍

들어버린 가슴 빛깔이 저러할 것이다.

> 헤일 수 없이 수많은 밤을/내 가슴 도려내는 아픔에 겨워/얼마나
> 울었던가 동백아가씨/그리움에 지쳐서 울다 지쳐서/꽃잎은 발갛게
> 멍이 들었소//동백 꽃잎에 새겨진 사연/말 못할 그 사연을 가슴에 안
> 고/오늘도 기다리는 동백아가씨/가신님은 그 언제 그 어느 날에/외
> 로운 동백꽃 찾아오려나
>
> ─가요 〈동백아가씨〉

헤일 수 없이 수많은 밤, 가슴을 도려내는 아픔의 기억이 꽃을 피
우기 위해 지새운 기나긴 겨울밤이라면 빨갛게 멍이 든 꽃잎은 아주
잠깐 누리고 가는 이 봄의 영광이다. 사랑의 과정은 아프면서 길고
그 끝에 맛보는 사랑의 열매는 달지만 아주 잠깐이다. 동백은 피기
위해 오래 힘들었으나 너무 빨리 쉽게 진다. 우리의 사랑이 그렇게
덧없다.

노래, 특히 대중가요는 그 애절함에 기댄다. 〈동백아가씨〉는 작사
작곡 노래의 삼박자가 그 애절함의 절정을 향해 달려간다. 백영호의
애조 띤 선율과, 그리움에 멍든 가슴을 동백꽃에 비유한 한산도의 가
사와, 스물네 살 이미자의 풋풋한 노래가 잘 버무려져 있다.

대중가요는 그 시대 민중들의 정한을 담아낸 양식이지만 이 노래
는 그 중에서도 특히 유별난 사연을 갖고 있다. 곡이 세상에 나온 지
2년만인 1966년 왜색이라는 이유로 방송 금지되고 1970년 음반이 판

매 금지되는 아픔을 겪었다. 걸핏하면 왜색이나 퇴폐를 이유 삼던 시절이었다. 어떤 이는 금지곡이 된 연유가 곡이 아닌 가사에 있다고 주장하기도 한다. 〈동백아가씨〉의 '동백'이, 비슷한 시기에 터졌던 독일간첩단 조작사건인 동백림사건을 연상한다는 이유로 금지곡이 되었다는 것이다.

20년 금지곡 딱지를 뗄 수 있었던 것은 1987년에 찾아온 민주화 열풍 덕이었다. 당시 한국공연윤리위원회는 6 · 29선언 이후 처음 실시된 문화 해금 조치의 일환으로 그동안 금지곡으로 묶여 있던 국내 가요 382곡 가운데 〈동백아가씨〉를 포함한 186곡을 해금시켰다. 금지곡 딱지에도 불구하고 입에서 입으로 불리던 국민가요로서의 〈동백아가씨〉를 가벼이 여길 수 없었기 때문이리라.

이 노래는 1964년 개봉한 김기 감독, 신성일 엄앵란 주연의 영화 〈동백아가씨〉의 주제곡으로 세상에 첫선을 보였다. 이 노래의 작사가 한산도, 작곡가 백영호는 각각 부산 부평동과 서대신동이 고향이었고 영화의 첫 촬영지도 다대포 해변이었다. 작곡자는 30년 넘게 산 고향 부산의 정서를 이 노래의 선율로 녹여냈다고 훗날 회고한 바 있다. 작곡에 걸린 시간은 단 두 시간 정도였다. 영화 〈동백아가씨〉의 줄거리가 녹아 있는 가사를 넘겨받는 순간 몇 차례 기타를 퉁겨 보면서 거침없이 악보를 써 내려갔다고 한다.

서울 명보극장에서 개봉됐던 영화는 별 반응을 얻지 못하고 간판을 내렸는데 노래가 히트하면서 을지극장 재개봉에 들어가 매진사례를 거듭했다. 당시 이 노래를 보급한 레코드사 앞에서 2일을 기다려

동백아가씨

판을 구해갔다는 기록이 있다. 주제가가 영화를 살렸던 셈인데 지구 레코드사 임정수 사장이 밝힌 바에 따르면 음반이 2백만 장 정도 팔려나갔다고 한다. 1990년대 김건모가 수립한 음반 판매량 2백만 장이 공식적인 한국 최고 기록인 점에 비추어볼 때 가히 선풍적인 인기였다. 열아홉 살 나이에 〈열아홉 순정〉을 불러 데뷔했던 가수 이미자를 엘레지의 여왕 자리에 올려놓은 것도 이 노래였다.

작사 작곡자는 2000년을 전후해 각각 저 세상 사람이 되었다. 작곡자 백영호는 생전에 "여러 곳에서 〈동백아가씨〉 기념비를 세우자는 제의가 있어도 거절했는데 이 노래의 음악적 토대이며 나의 고향인 부산 동백섬에 기념비를 세우자고 하면 기꺼이 응할 것"이라는 말을 한 인터뷰에서 남긴 바 있다.

구포 둑 너머 봄이 왔다

　부산의 봄은 산과 강과 바다 어디쯤에 각각 포진하고 있다가 일시에 총공세를 펼치며 몰려온다. 두꺼운 겨울 이불을 뒤집어쓰고 단잠에 빠져 있던 나는 지난밤 그들의 협공작전에 꼼짝없이 포위당했다. 한날한시에 일제히 쳐들어온 봄을 어쩌지 못하고 나는 그들을 덥석 가슴에 안고 말았다. 항복, 항복. 나는 이불을 걷어차며 무조건 봄에게 투항했다.

　부산의 봄은 산으로도 오고 강으로도 오고 바다로도 온다. 그러나 나는 강으로부터 온 봄에게 투항했다. 이왕이면 강에게 생포되고 싶었다. 산은 너무 높고 바다는 너무 멀지 않은가. 너무 높고 멀어 한번 빠지면 희희낙락하기 쉽지 않은가. 강은 낮고 완만해서 높고 멀리까지 나를 데려가지는 않을 것이다.

　그렇게 나를 포박한 강이 이렇게 말하고 있었다. 좋은 말로 전갈을 보냈을 때 마중을 나왔더라면 이런 불상사는 없었을 것 아니니. 정말 내가 날려 보낸 문자메시지를 받지 못했던 거니. 내가 띄워 보낸 이

메일 편지를 읽지 못했던 거니.

물론 문자도 받고 이메일도 읽었다. 그러나 나는 그 전갈을 믿을 수 없었다. 봄은 언제나 그런 식이었다. 문 앞까지 와서 짐을 부릴 듯 부릴 듯 하다가 다시 내빼고, 안방까지 와서 손을 내밀 듯 내밀 듯 하다가 또 금방 내빼는 것이 봄이었다. 봄은 변덕쟁이였다. 아니 아니, 봄은 곳곳에서 애타고 간절하게 부르는 목소리들이 많아 한사리에 주저앉을 수 없는 귀하신 몸이었다.

강으로 가기 위해 지하철 3호선을 탔다. 수영 나의 집에서 강으로 가는 직통선으로였다. 한낮이어서 그런가, 전동차 안은 열에 일곱이 노인들이었다. 특별한 용무가 있어서라기보다 나처럼 따사로운 봄 햇살을 쬐러 나온 길이었으리라. 그 어르신들 때문에 3호선 전동차는 한가한 사랑방의 분위기를 자아냈다. 각각의 객차 통로가 출입문 없이 하나로 뚫려 있어 좌우로 고개를 돌리자 4량의 전동차 안이 한눈에 다 들어왔다. 연산과 덕천 환승역에서 대부분의 젊은이들이 내리고 전동차 안은 어르신들만 띄엄띄엄 남았다. 1호선과 2호선에 젊은 자식들을 분가시킨 전동차가 서운한 발걸음으로 구포에 닿았다.

강 그림자 기울고 새들이 오래 날지 않는다/철새들이 길을 바꾸어 버린다/명지 쪽으로 고개 돌린 갈대들/샛강 피라미떼 벌써 잊었다/조개잡이 배 몇, 묶여 있고/다리 아래 물살 돌아나간다/길 한끝 당겨 강 끝을 본다/보일 듯 말 듯 가물거리는 가포섬/나루터 쪽으로 손을 흔든다/길이 끝난다고 그게 끝일까/길 끝, 배 한척 기다리는 사람이 있다/당신은 물을 건너지 말아요…… 문득 떠오르는/公無渡河歌/강 건너 대저면이 불쑥 몸을 내민다/당신이 물을 건너다 빠져 죽으면…… 당신이……/강둑 옆 수질관리사무소 문이/밖으로 잠겼다/왼종일 물에 서 있는 구포

—천양희 시 「구포」

광역시 이전의 구포는 강을 경계로 한 행정 구역상의 부산 끝이었다. 강 건너 마주 보이는 곳이 경남 땅이었고 그 너머 어디쯤의 고향을 버리고 온 사람들이 부산 사람의 태반이었다. 그들에게 구포는 성공하기 전에는 절대 돌아갈 수 없다고 배수진을 친 곳이었으며 문득문득 치미는 행수를 달래며 고향의 기억을 꺼내 혼자 만지작거리던 곳이었다. 그런 구포는 겨울의 스산함과 봄의 새 기운을 함께 품고 있다. 고향을 떠나온 이의 절망과 희망은 이 시에서 오래 날지 못하고 길을 바꾸는 철새와 흔들리는 갈대, 큰 강으로 나아가고자 하는 샛강 피라미떼로 그려지고 있다. 또 계속되는 도시의 불안한 일상은 저 건너 강을 기다리는 사람에게 물을 건너지 말라고 당부하는 공무도하가로 이어진다.

6, 70년대의 구포는 이처럼 서부경남이나 호남의 농촌에서 대도시인 부산으로 이주해오는 사람들이 맞닥뜨린 첫 관문이었다. 갓난아이 한 둘을 업고 걸리며 보따리보따리 등짐을 지고 구포다리를 넘어온 그들은 이 구포둑에 이르러 떠나온 고향산천을 향해 손을 흔들었

을 법도 하다. 두고 온 부모 형제의 무사 안녕을 빌며 성공을 다짐했을 법도 하다. 고향에 남은 부모 형제 역시 그들이 멀어져간 빈 동구 밖을 망연자실 바라보며 오랫동안 손을 흔들었을 것이다.

-하늘 밑의 잠-//구포 둑에 올라 보면/ 모든 것이 끝나가고 있다/ 누군가 대책없이 빌려가는 강물과/지상의 마지막 건축물인 비닐하우스/둑방 밑에 십자가로 누워 있는 공원/빨간 딸기코 위를 기어다니는 라면봉지/해 뜨면 눈 찔린 사람들/김해공항 비행기는 어디서 십자가를 지고 와서/왜 그를 구포 둑에 못이 박히게 하는지/오랫동안 살았던 하늘과 대치하며/쉽사리 깨어날 것 같지 않은 깊고 깊은 잠//-이 퇴색한 글씨로 따라가는 밑줄 칠 수 없는 부분의 靈歌-//그대 먼 빛깔 몸뚱이 하나로 따라가고 있었다/꼭꼭 닫힌 말문 앞에 서서 덜덜 떨며 싸웠다/꽥꽥 소리 지르지 않으면/덧니처럼 포갤 수 있는 안식과 달겨들지 않으면/장마 뒤에도 그대는 보이지 않기 때문이다/빨주노초파남보/우리들의 안색이 무지개로 대신 뜨는/너무나 가까운 이 충돌의 빛/포승줄 같은 라면을 먹으며 묶인 줄도 몰랐다/어디만큼 왔나 돌아보지 않았다/하나씩 모이고 둘씩 사라지며/결근하는 자유를 겨우 박수로 선발했다/햇살은 따뜻했고 아름다웠으나/우리를 눈여겨 보아주진 않았다/자유/뚝새 뚝새 구포 뚝새/반갑게 부르며 오는 단골 뚜쟁이를 따라/다른 공장으로 이동하면 그만이다/구포 둑에서는 어슬렁거리는 것이 가장 행복한 일이었다/쓴웃음 한 달치쯤 가불하고 줄줄이 오리걸음으로 따라간다/뚝방 밑에서 금방

부활한 예수님과/우리는 같이 야근부터 들어간다/개나리꽃은 화들
짝 피었으며/한 다발씩 꺾어 그대 있는 곳까지/비켜들고 가겠다

—서규정 시 「구포 둑에 올라」

대처에 정착하는 일은 쉽지 않았다. 성한 몸뚱이 하나 밑천으로 부
지런히 움직이면 촌살림보다야 나을 것이라 여겼겠지만 도시의 성장
속도는 그보다 훨씬 빨라 자신의 자리는 더 볼품없는 빈민으로 추락
해 있을 뿐이었다. 구포 둑은 그 끝없는 상실감을 강물에 띄워 보낸
곳이었다. 둑을 따라 줄을 섰던 포장마차에서 홍합국물에 소주를 마
시며 생의 막장에 당도한 듯 모든 것이 끝났다고 낙담한 것이 어디
한두 번이었을까. 그래서 비닐하우스는 지상의 마지막 건축물이 되
고 있고, 무심히 흘러가는 강물조차도 누군가가 가로채가는 희망으
로 변주되고 있다. 햇살은 용케 자신만을 비켜갔으며 자신은 이 공장
저 공장을 옮겨 다니는 뜬새에 불과했다. 희망을 표상하는 일곱 빛깔
무지개는 공해에 찌든 공장 근로자의 불안하고 파리한 안색으로 변
주되고 허기를 면하기 위해 허겁지겁 먹는 라면은 자신을 묶는 포승
줄이 된다. 모처럼의 햇살은 구포 둑에 망연자실 앉은 노동자들에게
눈길 한 번 주지 않는다.

이 가을 누가 죄 없다 하리./오늘은 저문 강가에 홀로 나와/계절
밖으로 떠나가는 철새들을 보네./강물은 언제나 스스로의 깊이로 고
요히 흐르고/그 위에 시월 바람은 머리칼 풀어 헤치는데/갈대는 갈

대끼리 몸으로 느껴울고/가랑잎은 가랑잎대로 집시의 길 떠나네./
내 형제들의 삶이 또한 이와 같아서/지금 어느 하늘 아래 번지 없이
헤매는지/끝까지 도시에 남은 대부가 저주스럽고/내 이마의 피가
마구 미쳐 날뛰는 것 같네./아아, 칼을 갈지 않고는 하루도 살 수 없
는/이 가을 누가 죄 없다 하리.

—조성래 시 「카인별곡 - 구포에서」

1980년 전후의 구포는 억압된 현실을 향한 자의식과 그것을 억누
르는 외부의 힘이 팽팽히 대처한 공간이었다. 강둑 저편 강이 유구한
역사의 진행과 쉼 없이 나아가고자 한 열망의 다른 모습이었다면, 강
둑 이편의 도시는 먹고 사는 일에 발목 잡혀 일상의 무사안일에서 벗
어나지 못한 굴욕의 공간이었다. 그 경계에서 조용히 느껴 울던 스무
살, 정말 하루도 칼을 갈지 않고는 살 수 없었던 청춘의 비애를 우리
세대 대부분은 경험했다. 폭압의 시대, 우리 모두는 유죄였다. 빈농
의 자식으로, 산업화 이주 2세대로, 신분상승의 꿈을 자식을 통해 이
루고자 한 부모들의 억척스러움에 어렵사리 대학을 다녔지만 현실은
호락호락하지 않았다. 부당하고 부정한 군사독재의 하수인이 될 수
는 없다는 자의식으로 엉뚱한 일탈과 반역을 일삼던 시절이었다. 그
렇게 한 시절을 아파했던 청춘들이 머물다간 구포 둑에 다시 봄이 오
고 개나리가 피었다.

다시 부르고 싶은 이름 친구

　오랫동안 만나지 못한 친구를 찾아주는 텔레비전 프로가 있었다. 여러 사람 사이에 숨은 친구에게 다가가 친구야, 하고 부르게 하는데 나는 그 소리를 들을 때마다 콧날이 찡해지곤 했다. 얼마나 많이 불렀던 이름이며 얼마나 오랫동안 부르고 싶었던 이름인가. 친구야 하고 대놓고 부를 수 있는 관계는 적어도 스무 살 이전에 만나 동고동락한 관계다. 그 뒤에 만난 친구는 지금 누리고 있거나 앞으로 누리게 될 사회적 지위나 소양에 따라 우정의 농도가 달라진다.

　친구야, 하고 부르는 소리는 표준화되기 이전의 생짜배기 언어, 즉 사투리로 부르는 것이 제격이다. 그래야 더 정분이 넘치고 반갑다. 가장 편한 사람에게 구사하는 우리말의 반어법도 사투리에서 극치를 이루는데 부산 말 역시 마찬가지다. '야이 문디야', '지랄하고 자빠졌네'와 같은 험악한 욕설이 대화 사이사이에 섞여야 흥이 난다. 얄궂은 일이다.

　사투리와 친구는 그래서 다르지만 같은 말이다. 그 둘은 이런저런

득실을 따지는 계산 이전의 세계다. 대부분 한쪽이 손해를 보거나 이득을 본다. 친구 따라 강남 간다는 말이 있지만 친구가 갈 지옥을 대신 갈 수도 있는 것이 우정이요 의리다. 이것저것 세상의 이재를 따지지 않고 뜨겁게 솟구치는 그 무엇, 때로는 왁자하고 때로는 불량스러운 그 무엇, 함께 있을 때는 아무것도 두렵지 않은 그 무엇이다.

그렇게 친구들은 어깨를 끼고 사회 구성원으로 성장해가면서 자신이 목표로 하는 지점을 찾아 각각 제 뿌리를 내린다. 어느 한 명의 왕초를 졸졸 따라다니기도 하고 그 왕초를 극복해 보려고 몸부림을 치기도 하면서 세상을 배우고 조직의 질서를 익힌다.

그런데 좀 쓸쓸한 것이 있다. 유년기와 소년기에 가졌던 친구에 대한 기준이 영원하지가 않다는 것이다. 청년이 되고 어른이 되면 될수록 어린 시절의 왕초가 꼭 사회에서의 왕초가 아니라는 사실을 자각하게 된다. 곽경택 감독의 2001년 개봉작 영화 〈친구〉는 이와 같은 친구의 관계, 특히 부산 기질이 유감없이 발휘된 친구 이야기가 적나라하게 펼쳐져 있다.

〈친구〉를 보고 난 관객의 반응은 크게 두 갈래였다. 재개봉을 요구할 만큼 열렬한 찬사를 보낸 쪽은 장동건과 유오성의 카리스마가 묻어난 자연스러운 연기력과 성장기의 추억을 되살리게 한 설정 등에 높은 점수를 주었고, 최다 관객동원의 영예를 안을 만한 수작은 아니라고 평가한 쪽에서는 폭력과 욕설이 난무하는 영화에 언론까지 덩달아 박수를 쳐주었다고 불만을 토로했다.

그러나 그 찬반양론은 어차피 영화가 가진 상반된 두 속성이다. 영화는 예술이지만 엄연한 산업이고, 산업이지만 엄연한 예술이다. 이 두 극단을 고려하면서 오늘의 관객은 어느 한쪽에 비중을 두어 영화를 선택해야 하고, 내일의 감독은 그 양자를 끌어당겨 조화시켜야 할 숙제를 안고 있다.

어찌되었던 친구의 흥행 대박은 부산으로서는 무척 기분 좋은 일이었다. 전 장면을 부산에서 찍었고 부산 출신 영화인이 대본과 감독을 맡았으며 영화의 대사 역시 모두 부산 말이었다. 부산 말에 생소했던 타지 관객들은 자막을 넣지 않은 것에 불만을 터트렸다고도 하고, 그러면서 난수표와 같은 그 사투리들을 해독해 전국 유행어로 유포시키기도 했다.

다시 영화 〈친구〉를 보았다. 대박 행진을 하고 있을 6년 전에는 대수롭지 않게 보아 넘겼던 도입부가 새삼 눈에 들어왔다. 소독약을 살포하는 방역차 뒤꽁무니를 신이 나 따라가는 일군의 아이들. 여름에 창궐하는 모기나 파리를 잡으려고 뿌리는 살충제 연기를 우리는 그때 왜 그토록 죽어라 따라갔을까. 비좁은 셋방살이의 여름밤은 무덥고 지겨웠다. 뛰어놀 골목은 좁고 신나는 일은 없었다. 골목을 뒤덮는 흰 살충제 연기는 전쟁놀이를 하라고 어른들이 뿌려준 연막탄이었다.

그 다음, 영도대교를 건너는 네 명의 어린 주인공들. 새로 생긴 비디오플레이어에 대해 한 친구가 자랑하고 있는데 모두 그런 기기의 출현 자체를 믿을 수 없어 한다. 그러면 극장 다 망하겠네 하고 항변하는 녀석도 있다. 나 역시 그렇게 생각했었다. 턱없는 허풍에도 웬

만하면 고개를 끄덕여주던 시절이었다. 그만큼 모두가 무료했으니까. 그런데 그 말은 너무 심한 뻥으로 여겨졌던가 보다. 친구는 친구들을 집으로 데리고 가 부모들이 보던 포르노를 보여준다. 엉겁결에 포르노까지 보고 말았으니 얼마나 큰 충격이었을까.

그리고 부산사투리. 예를 들면 이런 식이다. "내가 니 시다바리가?" 동수(장동건)가 준석(유오성)에게 한 말이다. 눈을 치켜뜨고 언젠가는 준석을 넘어서고 말겠다는 의지를 담아 내뱉은 이 대사는 부산 말의 전국민화에 큰 공을 세웠다. 대수롭지 않은 심부름을 시키는 동료나 후배에게 즐겨 쓰는 말이다. 또 하나. "마이 무따 아이가 고마해라." 영화의 뒷부분, 여러 차례 칼에 찔리며 동수(장동건)가 죽기 전 한 말이다. 본래는 친구끼리 떡볶이를 더 먹기 위해 쟁탈전을 벌이다가 친구를 식탁에서 물러서게 하려고 썼던 말일 것이다. 이런 유행어를 낳은 장동건은 완벽한 부산사투리를 익히기 위해 곽경택 감독이 녹음해준 대사를 이어폰으로 쉴 새 없이 반복 학습했다고 한다.

거의 모든 등장인물들이 부산사투리를 일관되게 사용한 경우는 우리 영화사상 초유의 일이었을 것이다. 활달하고 꽉꽉한 부산사투리는 영화의 전체 이미지를 동적으로 끌고 가는 큰 바탕이 되었다. 배우들의 힘든 훈련과정이 있었겠지만 사투리의 억양도 거의 본토 발음에 가까웠다. 그러나 그것을 좀 비판적으로 볼 수도 있겠다. 부산사투리가 보통사람들의 일상어로 육화되지 못하고 불량학생과 조직폭력배의 과격하고 무지막지한 은어로 사용된 듯해 비속한 뒷맛이 남는다. 영화 〈친구〉가 근본적으로 의도한 것은 속정 깊은 부산 사나이의 의리를 부각하려는 데 있었겠지만 그렇지 않아도 좀 거칠게 보는 부산의 이미지를 더 거칠게 인식하는 데 일조를 하지 않았을까 하는 우려도 없지 않은 것이다.

그리고 너무나 익숙한 거리풍경과 찬조 출연한 부산 사람의 얼굴들……. 교통부 철로 위 구름다리와 삼일극장의 패싸움, 만원버스의 승객들을 밀어붙이는 다부진 버스안내양, 그룹사운드 레인보우의 정기공연 장면에 엑스트라가 되어준 부산해사고와 경남여고 학생들, 부산고 수백 명 학생과 교정, 광복동 입구 건어물시장, 항구의 불빛이 내려다보이는 산복도로, 용두산공원, 낙동강 하굿둑, 대변항 방파제, 파국으로 치달린 구 조방터 국제호텔 근처의 비 오는 밤거리…….

그 파국이 누구 때문이었는지, 무엇 때문이었는지를 묻는 일은 이제 무의미하다. 친구들은 모두 뿔뿔이 떠났고 한때의 우정과 의리를 반추하는 일은 더 이상 나아가지 못하고 주저앉은 도태된 자의 몫일 뿐이다. 그러면 이제 친구는 없는 것인가.

그에 대해 영화는 마지막 장면에서 다시 한 번 말하고 있다. 망망대해 하나의 고무튜브에 매달려 부산 앞바다에 떠 있던 동일 운명체의 어린 네 친구들을 통해서 말이다. 친구는 인생의 먼 항로에서 우연찮게 한 배를 탄 존재들이다. 그 공동체에서 벗어나는 것은 자유이겠으나 주어진 망망대해를 혼자 헤엄쳐가기에는 파도가 너무 멀고 벅찰 것이다. 그럴 때마다 우리는 옛 친구를 생각하고, 그럴 때마다 친구는 우리 기억 속에서 다시 부활하는 것이 아닐까.

부산의 영화전통

　　영화는 복잡다단한 삶의 양상을 구체적으로 담는 그릇이다. 인간이 겪는 역사적인 질곡과 개인사적 희로애락을 담아내는 그릇인 영화는 종합적 예술 양식이다. 시나리오는 문학이고 영상은 미술이며 음향은 음악이다. 또 그것을 재현하는 배우들의 연기는 연극이다. 인간의 선과 악, 흥망성쇠, 오늘의 사회가 안고 있는 제 문제들에 접근하는 양식으로 영화만큼 적합한 장르는 없다. 부산의 근현대사는 그런 영화적 삶의 양상을 실제로 살아낸 공간이다. 이별과 만남, 가난과 부흥, 사랑과 증오의 갈림길에서 부산은 오랫동안 서성였다. 부산이 영화의 도시로 자리 잡게 된 것은 이런 양면적 기질을 고루 갖추고 있었던 도시 이미지와도 일맥상통한다.

　언젠가 부산국제영화제 중 한 연예인이 부산의 일간지에 이런 이야기를 했었다. "그동안 부산은 늘 삼류도시였다. 나한테는 늘 그랬다. 문화적으로 볼 때 그랬다. 물론 서울이 단연 일류도시였고 그 다음이 의외로 대구 혹은 광주였고 부산은 삼류도시를 못 벗어났다." 그의 글은 이렇게 시작해 부산이 국제영화제를 성공적으로 개최하면서 문화일류도시로 발돋움하고 있다는 주장을 펴고 있었다. 영화제 하나 때문에 도시 이미지가 삼류에서 일류로 급부상한다는 논리도 엉뚱하지만 그 영화제를 성공적으로 이끈 부산 시민의 문화 역량이 간과되고 있는 듯해 못내 아쉬웠다. 부산이 삼류였다면 부산 사람이 삼류였다는 말인데 삼류인 부산 시민이 어떻게 갑자기 영화제를 일류의 반열로 끌어올릴 수 있었다는 것인지.

부산의 영화전통은 100년 전 남포동에서 문을 열었던 극장 '행좌 (幸座)'로 거슬러 올라가며 부산국제영화제의 주요 관객 또한 처음부터 대부분 부산 시민이었다. 문화는 하루아침에 이루어지는 것이 아니며 모든 문화현상은 순식간에 삼류에서 일류로 급부상할 수 있는 것도 아니다. 지속적이고 점진적인 결과물인 것이다. 그러므로 그의 발언은 이렇게 수정되어야 한다. "부산국제영화제의 성공으로 부산의 문화적 저력이 입증됐다."

부산과 영화는 일찍부터 궁합이 잘 맞는 사이였다. 1903년 남포동에 극장 '행좌'가 문을 열었고 1924년에는 영화사 '조선키네마'가 영화제작을 시작했다. 둘 다 일본인이 세운 것이기는 했지만 나운규가 이 조선키네마에서 제작한 영화 〈운영전〉으로 데뷔했다는 점에서도 부산은 한국영화의 원류라 할 만하다. 태동기의 기운이 계속 이어지지 못한 감은 있지만 그 역사성을 바탕으로 지금의 부산국제영화제가 열매 맺게 된 것이다.

산 강 바다 그리고 사람

　며칠 전 열차 편으로 서울역에 도착해 대합실 내의 한 식당에 들어갔을 때의 일이다. 마침 점심시간이어서 식당 안은 빈자리를 찾을 수 없을 만큼 빼곡했다. 겨우 앞 손님들이 남기고 간 빈 그릇을 치우고 있는 자리 하나를 배정받았고 종업원이 곧 초로의 새 손님을 합석시켰다. 우리처럼 이런저런 용무가 있어 서울 나들이에 나선 부부로 보였는데 식사가 끝날 때까지 한마디의 대화가 없었다. 같은 시각 이 식당에 들어선 걸 보면 그들 역시 부산 발 고속열차를 타고 왔을 것이고 모처럼의 서울 입성에 대해 짧은 감회를 나눌 법도 한데 말이다.

　만약 타지 사람이 우리 자리에서 그들을 지켜보았더라면 분명 한바탕 싸우고 난 뒤 냉전을 치르고 있는 부부쯤으로 여겼을 것이다. 그러나 우리는 그런 오류를 범하지 않았다. 종업원이 식사 주문을 받으러 왔을 때 '설렁탕 두 그릇'이라고 한 영감님의 짧은 발음에서 나는 그들이 부산 사람이라는 것을 직감적으로 알아차렸다. 어눌한 발음이지만 단호하게 툭 던지는 말매무새가 그러했다. 그리고 그들이 결코 냉전 중이 아니라는 것도 알 수 있었다. 식사 도중 마나님은 몇 차례에 걸쳐 영감님 쪽으로 맛있는 반찬들을 밀어주고 있었으니까.

경상도 남자들은 말을 많이 하지 않는다. 스스로도 그럴뿐더러 남의 말을 받아들이는 자세 또한 잔가지를 만들지 않는다. 한두 마디로 끝낼 수 있는 것을 똑같은 말로 중언부언하다가 오히려 역효과를 보는 경우가 많다. 기면 기고 아니면 아니다. 세치 혀로 천 냥 빚을 갚는다고 했으나 부산에서 그런 전략을 반복 사용하다가는 그 빚을 두세 배로 부풀려놓기 일쑤다. 부부지간이라고 해도 예외는 아니다. 일생 동안 사랑한다는 말 한마디 없이 백년회로 하는 것이 경상도식 부부 사랑이고 금방 사단이 날 듯 틱틱거리면서도 쉽게 갈라서지 않는 것이 경상도식 부부관계다.

그런 경상도 기질에서 몇 걸음 더 나아간 것이 부산 기질이다. 개항과 전쟁, 산업화와 민주화 등 현대사의 여러 격랑을 넘어오며 일본과 같은 외세와 부딪치고 조선 팔도의 기질과 뒤섞이면서 독특한 성품을 만들어냈다. 그래서 부산 사람에게는 특유의 다원적 기질이 있다. 퉁명스러운 듯하면서 자상하고 관대한 듯하면서 사려 깊다. 폐쇄적인 듯하면서 개방적이고 진보적인 듯하면서 보수적이다. 자주 그양 극단이 자리를 바꾸어 앉는다. 참으로 오묘하고 얄궂다.

부산의 산과 강과 바다는 서로 겹쳐져 한눈에 들어오지 않고 독립된 개체로 따로 들어온다. 조화가 아닌 부조화의 구조다. 산과 산, 강과 강, 바다와 바다끼리도 하나의 풍경으로 이어진 것이 아니라 각자의 독립된 형상과 느낌을 확보하고 있다. 구월 금정 달음 백양 승학 황령과 같은 산, 강원도 태백에서 발원하여 호포 구포 하단을 거쳐 남해로 빠지는 낙동강, 양산 원효산에서 발원하여 범기 회동 수영만을 거쳐 동해로 나가는 수영강, 오륙도 동백섬 태종대 광안리 해운대 송정 등에서 바라보는 바다, 이 하나하나가 모두 독립된 풍경들이나. 금정과 황령의 산세가 다르고 호포와 하단의 강빛이 다르며 태종대와 송정 바다의 출렁임이 서로 다르다.

바다는 원초적 생명공간이며 원대하다는 점에서 생명의 시원인 어버이에 견줄 만하고, 산과 강은 그 바다가 빚어 뭍으로 보낸 올망졸망한 자식들이다. 산은 튼튼하고 강건한 남성성을 지녔고 강은 부드럽고 조용한 여성성을 지녔다. 강과 산은 바다가 낳은 자식들로, 산은 아들, 강은 딸의 품성을 가졌다.

부산 사람의 품성 안에는 통 큰 바다의 속성이 있고 무뚝뚝한 산의 속성도 있으며 넉넉한 강의 속성도 있다. 부산에는 누구라도, 삼천리 강산 어느 지방 사람이라도 와서 뿌리내릴 수 있다. 그것이 바로, 자칫 변덕으로 보일 수도 있는 부산의 역동성이다. 한자리에 머무르지 않는 것, 정형화되지 않고 정체되지 않고 정지하지 않는 것, 새로운 것을 받아들여 자기화하는 것, 이런 부산의 속성이 무엇이든 자유롭게 들어와 발 뻗고 살게 한다.

어머니는 앞에 서고/나는 뒤에서 리어커를 밀었다/가을은 한 마리 새처럼 멀리 날아가고/겨울이 가랑잎처럼 발밑에서 굴렀다/우리 시대의 희망, 우리 시대의 행복/누가 별이라도 되어 떠오르는 날/나는 어머니가 피운 빨간 숯불 위에/숯을 더 얹었다/아직은 새벽이며/아직은 그리움이 남아 있는 날/막벌이꾼들이 날아와/잠시 깃을 치는 부둣가에서/어머니는 술국을 끓이고/나는 먼 바다 위로 떨어지는/새벽 별똥을 주웠다/유리창도 없는 난장에서/

어머니는 앞에 서고/나는 뒤에서 리어커를 밀었다

—김종해 시 「부산에서」

삼포지향(三抱之鄕). 바다와 산과 강을 동시에 품고 있는 고장을 일컫는 말로 부산이 지닌 천혜의 자연조건을 내세울 때 주로 쓰이는 말이다. 그러나 부산의 경우, 그 무게 중심은 자연에 있기보다는 사람에 있다. 산과 강과 바다는 자연을 형성하는 세 개의 터전일 것인데 그 터전들은 제각각 힘이 세다. 산은 산대로 우뚝하고 흔들림 없는 기운이 있고 강은 강대로 낮은 것을 포용하는 힘이 있다. 바다는 또 바다대로 세계를 아우르는 깊고 넓은 출렁임이 있다. 그 셋이 제각각 힘자랑에 나선다면 부산은 금방 균열이 가고 말 것이다. 산 같이 고집불통인 사람을 강이 어루만지고, 강 같이 생각이 많은 사람을 바다가 받아주어야 할 것이다.

앞의 시는 그렇게 밀고 끌며 가는 부산의 진로를 보여준다. 앞에서 가는 어머니는 바다와 같고 뒤에서 미는 아들은 강을 닮았다. 거기에 가을 새와 겨울 가랑잎이 큰 산처럼, 바삐 가는 길을 격려한다. 그런 협력은 어머니와 나의 관계에서도 이어지는데 어머니는 빨간 숯불을 피우고 나는 거기에 숯을 더 얹는다. 어머니는 부둣가에서 막벌이꾼들을 위해 술국을 끓이고 나는 바다 위로 떨어지는 희망의 불씨를 갖다 나른다. 그렇게 이심전심으로 온기를 나누며 추운 새벽을 견뎌온 것이 부산이었다.

> 부산은 아시아 대륙을 끌어올리는 기중기/바닷바람에 검게 탄 얼굴과 구릿빛 탄탄한 근육/억센 사나이들로 넘치는 언제나 붐비는 곳/집채만한 화물들 사이 기계소리만 요란한 곳이 아니라/뱃고동이 출렁거리고 갈매기 날아오르고/이별과 해후의 크고 작은 애환의 몸부림이 교차하는/소금냄새보다 더 끈끈한 인정이 시들지 않는 곳/항구는 언제나 설레임의 낭만의 축제/사랑과 순정의 흰 손수건을 흔들며/젊은 사나이들은 거센 바다로 떠나간다./헤어질 때 보다는 다시 만날 때의 더 큰 영광을 위하여/어두운 바다 위에 떠 있는 희망을 예인하기 위하여/부산은 살아 꿈틀거리는 거대한 힘/아시아 대륙의 육중한 꿈을 들어올리면서/밤낮없이 기름진 흙을 져다 나르는 낙동강을 입고 물고/부산은 해 뜨는 쪽으로 두 팔을 벌려 서 있다.

―김석규 시 「부산」

부산의 진취적인 기운을 잘 드러내고 있는 시다. 반도의 끝 부산을 아시아 대륙을 끌어올리는 기중기에 비유한 점이 재미있다. 그 기중기를 움직이는 이는 '바닷바람에 검게 탄 얼굴과 구릿빛 탄탄한 근육'을 가진 부산 사나이들이다. 기계 소리만 요란한 산업도시가 아니라 뱃고동 소리 따라 갈매기 나는 서정이 있고, 헤어지고 만나는 사람 사이의 끈끈한 정이 있다. 어두운 현실에서 희망을 예인하는 살아 꿈틀거리는 거대한 힘도 있다. 그 힘으로 아시아 대륙의 육중한 꿈을 들어올린다. 또한 그 꿈을 공급하기 위해 '밤낮없이 기름진 흙을 져다 나르는 낙동강'이 있다. 그래서 부산의 지형은 '해 뜨는 쪽으로 두 팔을 벌려 서 있'는 형상이다.

세 마디 말의 깊은 뜻

요즘 신세대 신랑들은 좀 다르겠으나 부산 남자들은 저녁에 귀가해 대체로 아내에게 다음 세 마디만 한다. 거기에 깊은 뜻이 있다.

"밥 문나?"

바다와 같은 마음으로 던지는 말이다. 오늘 하루의 무사 안녕을 묻는 이 한 마디에는 쌀은 떨어지지 않았느냐는, 가정 경제에 대한 걱정도 함께 묻어 있다.

"아는?"

산과 같은 마음이다. 산이 뭇 생명들을 품어 키우듯이, 그들을 위해 거처를 내주고 일용할 양식을 키우듯이, 자식들의 안부를 묻는다.

"자자."

강과 같은 마음이다. 저녁 강이 스스로 깊어지며 사랑하는 것들을 껴안듯이, 피곤하고 짐 진 자들과 함께 휴식에 들듯이.

갈매기, 비상 혹은 정착

　야구의 계절이 돌아왔다. 야구의 재미는 9회 말까지 긴장의 끈을 놓지 않고 손에 땀을 쥐게 하는 데 있다. 투수가 던지는 공 하나하나와 거기에 맞서는 타자의 잔뜩 웅크린 자세, 특히 투 스트라이크 스리 볼에 이르면 막다른 벼랑에서의 피할 수 없는 한판 승부가 펼쳐진다.

　앞서 진출한 공격수의 도루, 수비수의 크고 작은 실책, 데드볼, 무엇보다 푸른 하늘을 쭉쭉 뻗어나가 관중에게 안기는 홈런 볼은 수만 관중의 답답한 심사를 뻥 뚫어놓는다. 중반을 넘기도록 단 한 명도 홈으로 불러들이지 못하고 시소게임을 벌이던 경기가 단 한 차례 공격으로 5~6점을 내기도 하고 9회 말의 마지막 공격으로 대역전극을 펼치기도 한다.

　사실 나는 야구장에 가는 걸 크게 즐기지 않는 편이다. 야구가 아닌 한 야구선수에게 빠진 선배한테 이끌려 최근 사직야구장에 간 적이 있었는데 야구장을 들끓게 하는 그 어떤 열기에 감전되어 몸을 부르르 떨었던 적이 있다. 다혈질의 남자 관중은 제쳐두고라도 어여쁘고 가녀린 아가씨들까지 바락바락 악을 쓰는 통에 완전히 기가 죽어 있었던 기억이 난다.

돈과 시간이 절약되는 텔레비전 관전을 마다하고 야구장에 가서 경기를 봐야 직성이 풀리는 사람들의 내면에는 야구 이외의 것에 대한 욕망이 존재한다. 앞서 말한 나의 선배처럼 특정 선수의 극렬 팬이거나, 홈런 볼을 받아 사인까지 받아보려는 의도이거나, 또 나처럼 야구광인 친구나 애인의 손을 매정하게 뿌리치지 못한 경우이거나, 생수병에 소주 담아가서 마시며 직장과 가정에서 받은 스트레스를 날려 보내려는 의도 같은 게 개입되어 있다. 어느 쪽이든 좋다. 그런데 전국의 야구장 중에서도 부산의 롯데자이언츠 팀의 경기가 있는 사직야구장이 가장 시끌벅적하다고 한다. 그만큼 부산 사람들이 열정적이고 활달하다는 이야기일 것이다.

우리나라 프로야구는 1년여의 준비 작업을 거쳐 1982년 3월 창설되어 동대문구장에서 첫 경기를 가졌다. 서울의 MBC청룡, 부산의 롯데자이언츠, 대구의 삼성라이온즈, 대전의 OB베어즈, 광주의 해태타이거즈, 인천의 삼미슈퍼스타즈 등 모두 6개 팀이었다. 프로야구의 창설 배경은, 80년 광주를 짓밟고 집권한 제5공화국에 의해 우민화 정책의 일환으로 만들어졌다는 의견이 우세하다. 현실정치에 대한 국민의 불만을 프로 스포츠의 열기로 상쇄해보려는 의도였을 것이다. 그런 불손한 의도를 아는지 모르는지, 프로야구에 대한 국민적 열망은 금방 달아올랐다.

지금은 그 어디서 내 생각 잊었는가/꽃처럼 어여쁜 그 이름도 고왔던 순이 순이야/파도치는 부둣가에 지나간 일들이 가슴에 남았는데/부산 갈매기 부산 갈매기 너는 벌써 나를 잊었나//지금은 그 어디서 내 모습 잊었는가/꽃처럼 어여쁜 그 이름도 고왔던 순이 순이야/그리움이 물결치면 오늘도 못잊어 네 이름 부르는데/부산 갈매기 부산 갈매기 너는 벌써 나를 잊었나

김중순 작사 작곡, 문성재 노래의 〈부산 갈매기〉는 부산 롯데자이언츠 팀의 공식 응원가다. 경기가 있는 날 사직벌은 이 노래로 메아리친다. 한편 광주 구장의 응원가 중에는 〈목포의 눈물〉도 들어 있는데 그들은 80년 광주의 비극을 덮고 출범한 프로야구의 비애를 그렇게 노래하고 싶었을 것이다. 응원가라기보다 광주의 한과 슬픔을 터뜨린 노래에 가깝다. 부산도 부마항쟁의 기억이 있기는 하지만 부산의 응원가는 더 역동적이고 열정적이다. 역사의 질곡을 건너오며 부산은 한과 애조에 기대기보다는 팍팍한 생명력으로 그것을 딛고 넘어서왔다. 힘차게 솟구치고 날아오르는 갈매기처럼 롯데 타석의 공이 창공을 향해 쭉쭉 뻗어나가기를 바라고 있다.

갈매기는 흰색과 잿빛의 몸을 가진 바닷새로 겨울철새인 붉은부리갈매기와 큰재갈매기, 여름철새인 쇠제비갈매기, 텃새인 괭이갈매기 같은 것이 있다. 리차드 바크의 소설 『갈매기의 꿈』은 가장 높이, 멀리 날고자 했던 한 갈매기의 도전을 담고 있는데 그 비상의 욕구가

생동하는 부산의 정신과 닮았다. 그래서 부산의 시조(市鳥)가 되었을 것이다. 부산 아시안게임의 마스코트도 갈매기였으며 연안여객터미널 건물도 갈매기의 날렵한 날갯짓을 형상화했다.

갈매기는 어부들과 친한 새다. 힘들여 수확한 생선을 호시탐탐 노리기도 하지만 뱃전을 맴돌며 어부들의 시름과 외로움을 달래주기도 하고 물고기가 있는 곳을 알려주기도 한다. 부산 산업의 뿌리가 어업이고, 한 곳에 정체되지 않고 활달하게 움직이는 부산 사람의 기질을 생각하면 갈매기와 부산 사람은 아무래도 인연이 깊다. 그런 부산 갈매기의 수는 텃새인 괭이갈매기가 이삼천 마리, 철새갈매기가 오륙천 마리에 이른다.

부산갈매기의 노랫말 속에 등장하는 순이는 부산으로 날아들어 추운 겨울을 보내고 봄이 되자 다시 훌쩍 날아가 버린 철새 갈매기와 흡사하다. 부산은 그렇게 사람을 받아들이고, 정을 나누어주고, 못다 베푼 사랑을 아쉬워한다. 그만큼 넓고 깊은 가슴을 가졌다.

부산에서 나고 자란 화가 박경효의 연작그림 속 갈매기들은 더 이상 허공에 있지 않고 땅에 두 다리를 딛고 있다. 하늘을 나는 새는 활달해 보일지는 몰라도 좀 정처 없어 보인다. 날개를 단 것의 숙명이 그러할 것이다. 그들에게 주어진 과업은 한 처소에 붙박이지 말고 끊임없이 새로운 공간을 개척하는 것이다. 뭍에 머문 우리의 눈에 새들의 날갯짓은 그들이 어디서부터 날아와 어디로 가려 하는지 그 정처를 알 수 없게 한다. 그들은 얼핏 활기차 보이지만 실은 끊임없이 떠

갈매기 둘 보다

들어대는 허풍쟁이와 같은 유랑의 비애가 숨어 있다. 역사의 질곡에 밀려, 일용할 양식을 쫓아 부산에 유입된 현대사의 민초들에게 그런 유랑의 비애가 있었다. 낯선 삶의 전장에 내동댕이쳐진 그 비애가 파닥이는 생동감과 질기고 모진 근육을 만들었다.

그러나 박경효의 그림 속 갈매기들에게서는 자신의 영역을 확보한 토박이의 걸음걸이가 느껴진다. 그가 묘사한 갈매기들은 대체로 유유자적한 일상을 구가하고 있어서 철새인 붉은부리갈매기나 쇠제비갈매기라기보다 텃새인 괭이갈매기에 가깝다. 그의 갈매기들은 허공에 있지 않고 하나같이 땅에 발을 딛고 있다. 부산에서 나고 자란 세대들에게 이제 더 이상 부산은 만남과 이별이 교차하는 유랑의 도시가 아니다. 먼 도정에 잠시 거치는 임시 귀착지가 아니다. 끊임없이 상승하고 돌파해 나가야 하는 격동의 도시가 아니다. 조용히 뿌리를 내리고 터전을 가꾸는 최종 귀착지인 것이다. 그들이 구축할 부산의 모습은 훨씬 정적이고 안정되어 있을 것이다. 박경효의 갈매기들은 그래서 조용하고 부끄럼이 많다.

갈매기는 하늘에서 바다 속의 멸치를 분간할 정도로 눈이 밝은 새라고 한다. 먼 곳과 깊은 곳을 보는 시야가 있고 비행 솜씨도 뛰어나 어디 가든 제 한 몫은 단단히 하고 사는 새라고 한다. 부산은 그런 갈매기를 알아보고 제 가슴 언저리에 품을 줄 아는 동네다. 그렇게 철새 갈매기를 받아들이고 텃새 갈매기를 키웠다.

그런 부산에 화답이라도 하듯이 갈매기는 드넓은 바다의 정기를 물고와 부산의 곳곳에 뿌려주고 있다. 부산항과 낙동강 하구, 태종대, 자갈치, 연안부두, 광안리, 해운대, 영도, 오륙도, 그리고 사랑이 넘치는 우리의 어깨 위에, 반짝이는 바다 햇살을 뿌려주고 있다.

사십계단서 맞선 벼랑 끝 질주

　모처럼 중앙동에 나갔다가 부산우체국 뒤편 사십계단 앞 벤치에 앉아 보았다. 무르익은 봄날의 따스한 햇살과 헐렁한 주말 오후의 적요가 평화로웠다. 처음 이 좁은 공간에 쉼터를 만든다고 했을 때 많은 사람들이 반신반의했을 것이다. 근처 상인들은 당장 매상이 떨어질 것을 우려했고 일부 시민들은 괜한 예산 낭비라고 불만을 터뜨렸다. 따지고 보면 모두 돈과 연결되는 불만이었다.

　그러나 당장의 호구지책이 아무리 절실하다 해도 그것과 똑같이 소중한 것이 있다. 시위를 떠난 화살처럼 나아가고 있는 지금의 질주가 과연 온당한 것인지, 그렇게 달려오는 사이 내가 놓치고 온 것은 없었는지 시시각각 반문해보는 것이 필요했다. 지금 다시 돋아나고 있는 새 잎과 지금 다시 피어나고 있는 꽃망울들 역시 지난 겨울의 침잠과 스러짐이 있어 가능했던 새로운 출발이 아닌가. 사십계단 주변은 그 여백을 위한 처소로 조성된 공간이다.

　수많은 군중이 운집하고 열광하는 것만이 문화는 아닐 것이다. 문

사십계단

화는 드문드문 여백을 만들고 고요를 만들어서 뻥 하고 숨 쉴 구멍 하나를 뚫어주는 일이다. 부산의 공기 맛은 그다지 좋은 편이 못되지만 그래도 바다냄새가 섞여 있어 싱그럽다. 중앙동은 이름 그대로 부산의 중심이어서 갑갑한 느낌을 주지만 부두가 지척이고 사십계단 주변에 헐렁한 풍물들이 생겨나면서 훨씬 넉넉해졌다.

그 쉼터 사이사이에 놓인 조형물들, 뻥튀기 장수와 거기서 나오는 부스러기라도 얻어먹으려고 선 아이들, 고된 노동을 내려놓고 잠시 휴식을 취하고 있는 지게꾼, 물지게를 멘 소녀, 아기에게 젖을 물린 아낙네, 물동이를 인 여인, 손풍금을 뜯는 거리악사 등은 지금이라도 일어나 성큼성큼 큰길로 걸어 나갈 듯 생생해 보인다. 예전의 모습을 반추하는 일은 늙는 것이 아니라 예전의 그 푸르른 젊음으로 돌아가는 일이며, 그 시절의 싱그럽고 순정한 마음을 되찾아오는 일이다.

사십계단이 지금처럼 정비되기 이전에, 그러니까 사십계단을 크게 주목하지 않던 시절에 이곳을 영화 〈인정사정 볼 것 없다〉의 주 배경으로 설정했던 이명세 감독은 사십계단이 지닌 문화사적 의미를 이미 간파하고 있었던 듯하다. 부산은 사십계단뿐 아니라 이곳저곳에 많은 계단을 갖고 있는 도시다. 반듯하게 축조된 계단도 있고 사람의 발길에 따라 자연스럽게 형성된 계단도 있다. 아래 위를 잇는 디딤돌 역할을 하는 계단이 곳곳에 산재한다는 것은 부산이 그만큼 경사진 도시라는 것을 말하고 있다.

그 경사는 전체의 70퍼센트가 산으로 된 지형적 조건만을 의미하지는 않는다. 그보다 나는 부산의 삶이 70퍼센트는 경사였다고 말하

고 싶다. 일제의 수탈이 없던 작은 포구였던 시절에도 곤궁하고 위험
천만한 어업은 사흘 중 이틀이 위기였을 것이며, 식민지 조국과 전쟁
의 아수라를 한 몸에 받아냈던 시기나 격동의 근대화 과정은 삼분의
이가 위기였을 것이다. 부산은 언제나 늘 가파른 계단이었으며 자칫
발을 헛디딜지 모르는 아슬아슬한 상승과 하강을 거듭했다.

 1999년 개봉작 〈인정사정 볼 것 없다〉의 사십계단 살인 장면은 우
리 영화의 명장면 중 하나로 손꼽히고 있는데, 나 역시 잔혹한 살인
장면을 극도의 절제와 미학으로 풀어낸 감독의 시적 감수성에 충격
을 받았다. 한 평자는 그것을 '이명세 스타일의 완성 혹은 정점'으로
평가하기도 했다. 노란 은행잎이 뒹구는 오후, 차창 유리를 내리는
한 남자, 계단의 유치원생 여자아이가 하늘을 올려다보면 빗방울이
후드득 떨어지기 시작한다. 정지 화면, 그리고 갑자기 퍼붓는 비, 그
비에 멍해진 계단 위의 인물에게 다가가는 느린 동작의 살인범, 그리
고 막아서는 손바닥을 긋는 칼, 이마에 번지는 피. 이 일련의 과정이
스타카토로 진행되는 살인 장면은 비장하면서도 우수에 차 있다. 그
리고 그 살인 광경을 주시하는 비지스의 노래 〈홀리데이〉. 숨가쁜 발
자국소리와 비명과 신음이 있어야 할 일촉즉발의 상황에 조용하고
우울한 음색의 노래 〈홀리데이〉를 깔아놓은 아이러니가 놀라웠다

 그리고 장면은 숨 가쁘게 바뀌고 겹치면서 관객의 눈앞을 휙휙 스
쳐 지나간다. 삶이 그만큼 만만치 않다는 것을, 탐문조사를 나선 박
중훈이 선술집 옆자리에 앉은 범인 안성기에게 담뱃불을 빌리는 서
두에 이미 암시하고 있다. 영화는 마치 인생이란 한바탕 해프닝이며

추격과 도주의 잘 짜여진 시나리오라는 점을 강조하고 있는 듯하다. 그렇지 않은가. 우리가 움켜쥐려는 현실의 목표들은 얼마나 절묘하게 결정적인 순간 우리의 손아귀를 빠져나가버리던가.

사십계단은 이 상황들을 통합하고 확장하는 역할을 한다. 노래 제목이 지칭하는 휴일은 영원한 휴식으로 이어지고 계단이 그 파국을 중계한다. 또한 더 이상의 상승 욕구를 차단하는 경계지점이 되기도 한다.

일반적으로 계단을 밟아 오르는 것은 상승과 진전을 의미하지만 부산의 경우 신분 상승은 계단을 밟아 내려오는 것이었다. 포탄을 피해 떠밀려 내려온 임시수도 시절이나 먹고 살 방도를 찾아 유입된 산업화 시기나 가진 것 없던 이주민들이 가장 먼저 둥지를 틀었던 곳은 산동네였고 그들의 열망은 하나같이 평지를 향해 한걸음씩 내려오는 것이었다.

주인집의 괄시를 견디면서, 물동이를 이고 빙판길을 아슬아슬하게 오르내리면서, 냄새나는 공중화장실 앞에 종종거리며 줄을 서서, 세숫대야에 연탄 한 장씩을 갖다 나르면서 이를 악물 수 있었던 것은 이 고지를 어서 탈출하고자 한 열망 때문이었다. 정말 그랬다. 부산 사람에게 고지는 정복과 탈환의 대상이 아니라 어서 벗어나고픈 궁핍의 처소였다. 사십계단은 실향의 아픔을 달래고 헤어진 핏줄들을 그리워한 곳이기도 했지만 이 빈곤의 계단을 내려서서 평지에 정착하고 싶었던 열망들이 점철된 곳이었다. 〈인정사정 볼 것 없다〉에 나오는 사십계단 역시 그런 현실적 욕망들이 서로 교차하고 충돌한다.

영화에서는 흉악범을 쫓는 경찰의 입장을 〈인정사정 볼 것 없다〉는 말로 표현한 것이어서 그다지 냉혹하지도 않고 사리에 그르지도 않지만 사실 이처럼 비장한 말이 없다. 그래서 그 비정한 말의 속성에 대해 반문해볼 수 있을 것이다. 그 모진 말은 공동선을 위해서는 적용될 수도 있지만 개인의 영달을 위해서는 적용되지 않아야 한다. 인정은 남을 생각하고 도와주는 따뜻한 마음이고 사정은 일의 형편이나 그렇게 된 까닭일 것인데, 그 둘을 베푸는 일은 모두 중요하고 그 중 하나도 봐주지 않는다는 것은 사실 인간으로서 할 도리가 아니다.

어쨌든 〈인정사정 볼 것 없다〉는 매정한 이야기를 하기 좋은 장소로 부산의 사십계단을 선택했다. 그것은 아마 빈도의 끝 부산이 지형적으로 어떤 막바지에 다다른 상황이어서 더 이상 봐 줄래야 봐 줄수 없는 상황, 더 이상 도망갈래야 갈 수도 없는 상황을 드러내기에 적절했기 때문이었을 것이다. 부산의 항만을 배경으로 숨가쁘게 진행되는 추격전은 물러설 수도 양보할 수도 숨을 수도 없는 벼랑 끝의 맞대결이었다. 부산은 그런 면에서 최후통첩과도 같은 도시다.

우연히 본 촬영현장

영화가 한창 촬영 중이던 그해 가을, 나는 중앙동 사십계단 입구에 가득 쏟아 놓은 은행잎들을 보았다. 처음에는 무슨 거리 축제라도 하는 줄 알았으나 곧 영화 촬영 중이라는 것을 알아차렸다. 몇 대의 카메라와 제작진들의 바쁜 움직임을 보았고, 웅성웅성 모여서서 지금은 없어진 길모퉁이의 찻집 안을 살피는 행인들을 보았다. 영화 촬영 현장을 대수롭지 않게 지나치는 서울사람 흉내를 내려고 했던 것인지, 나는 그때 그 대열에 합류하지 않고 가던 길을 계속 갔다. 영화라면, 그리고 영화배우라면 사족을 못 쓰는 사람들에게 단단히 토라져 있었던 듯하다. 그냥 자존심 좀 죽이고 박중훈 안성기 장동건 최지우 같은 별들을 봐두었더라면 두고두고 얼마나 큰 자랑거리가 되었겠는가.

바다로 달리고 싶은 절영도의 꿈

영도는 섬이지만 섬이 아니다. 지명에 엄연히 섬 島자가 들어 있고 다리를 건너야 닿을 수 있는 땅이지만 나는 그 사실을 자주 망각하곤 한다. 거리 때문일 것이다. 뭍과 섬은 일정한 틈이 필요하다. 뭍과 섬 사이에는 아득하고 아련한 수평선이 진을 치고 있어야 하고 이쪽과 저쪽을 쉽게 넘보지 못하게 하는 예기치 못할 위협이 있어야 한다. 깊이를 가늠할 수 없는 바닷물과 넘실대는 파도와 변덕스런 기후 같은 것 말이다.

일정한 거리와 시련으로 경계를 만들어 놓지 못한 뭍과 섬은 자신들의 존엄성을 주장할 근거가 없다. 마음만 먹으면 쉽게 발을 들여놓을 수 있도록 언제나 문을 열어두고 있는 섬은 미지의 불가침을 포기한 것이나 다름없고 아무런 대가 없이 바다 건너의 것을 무방비로 받아들이는 항구는 관문으로서의 책무를 포기한 것이나 다름없다.

부산의 안쪽 땅인 내륙과 바깥 쪽 땅인 영도는 그런 직무유기로 공범이다. 영도대교와 부산대교는 그 직무유기를 주선하고 모의하고 합리화하고 은폐했다. 나는 영도대교를 건널 때마다 그들이 다리 밑에서 주고받는 은밀한 내통과 교접의 낌새를 느낀다. 그 내통은 무척 오래된 것이어서 그들 사이에 소통되는 언어를 나는 알아듣지 못한다.

영도는 이제 더 이상 섬이 아니다. 쉽게 범접할 수 없는 아득하고 망망한 그 무엇이 없다면 섬은 섬이 아니다. 그 세세한 속살이 이웃집 장독대처럼 환히 들여다보인다면 섬은 섬이 아니다. 영도대교나 부산대교 역시 뭍과 섬을 이어주는 바다 위의 가교가 아니라 부산 내륙과 영도의 오랜 내통을 지켜본 범상한 징검돌이 되었다.

영도라는 지명은 그림자조차 남기지 않을 만큼 빨리 달리는 말을 생산한 곳이라 해서 붙여진 옛 지명 절영도에서 유래한 것이다. 영도는 그러니까 말을 사육하고 길들이기에 적합한 지형과 기후였다. 영도에서 키운 말들이 빨리 달렸던 것은 섬에서 벗어나고자 한, 섬에서 어서 벗어나 넓은 평원을 달리고자 한 열망 때문이었을 것이다. 지금의 영도는 더 이상 말을 키우지 않지만 절영도 시절 곳곳을 박차고 나아갔을 말들의 발굽 자국은 그대로 남아 있는 듯하다. 왜냐하면 영도로 들어설 때마다 나 또한 갈기를 휘날리며 달리고 싶은 충동에 휩싸이곤 하니까.

김종식의 그림을 보며 나는 그것이, 영도에 들어서자마자 내달리고 싶은 충동에 휩싸였던 것이, 바다 때문이었다는 것을 알았다. 영도대교를 넘어서는 것과 동시에 나는 이미 뭍을 떠나 바다로 진입한

김종식, 〈영도〉, 캔버스에 유채, 412×530, 1977

것이었고, 바다에서 가라앉지 않으려면 두 팔과 다리를 휘저으며 쉴 새 없이 내달리는 도리밖에 없다는 것을 알았다.

파란색이 물결치는 김종식의 〈영도〉 그림이 그것을 잘 말해주고 있다. 지척에 솟은 산을 배경으로(아마 봉래산일 것이다) 산의 품에 둥지를 튼 집들과 바다에 접한 좁은 평지에 들어앉은 집들을 군데군데 그려 넣고 있다. 그런데 나는 그 모든 것들이 바다 속의 풍경으로 느껴졌다. 푸른 바닷물은 이제 막 산의 정상까지 진군해 산 아래를 그윽이 내려다보고 있다.

그것이 아니라면 바다는 지금 수륙 양쪽에서 총공세를 펼치고 있는 중이다. 바다 쪽의 진군은 이미 해안을 점령한 상태이며 오른쪽 공격대는 산의 하부까지 손아귀에 넣었다. 그리고 멀리 뒤를 돌아 산 너머에서 협공을 취하고 있는 또 다른 바다의 군사들이 산의 정상을 넘어 산 아래로 내려오고 있다. 이미 바다의 수중에 들어간 해안의 길과 집들과 나무들은 둥실 떠올라 바닷물의 헹가래를 받고 있다. 산 중심부의 마을들도 이미 곳곳에 잠입한 바닷물에게 두 팔 들고 투항해버린 형국이다.

영도는 부산의 해안 경비대다. 영도의 지형은 부산 내륙을 방위하는 자연적 방파제 역할을 하고 있다. 김종식의 이 그림은 영도의 그런 특성을 잘 드러내고 있다. 영도는 그러니까 부산이 받을 풍파를 먼저 받아낸 곳이며 부산이 감당해야 할 시련의 많은 부분을 혼자 지고 온 곳이다. 부산의 원주민이었던 어부들의 땅이었으며 전쟁 통에 떠밀려온 피난민들이 다수 정착했던 땅이었다. 그리하여 이제는 가장 먼저 바다로 나아가는 길이 되었다.

　김종식의 그림은 절영도의 말처럼 빨리 달린다. 오랫동안 들여다보았음에도, 열흘쯤 한 그림을 들여다보고 있었음에도 그 내면의 형체를 드러내 보여주지 않는다. 그의 상상력은 절영도의 말처럼 그림자를 남기지 않고 빨리 달린다. 쫓아가려는 나를 따돌리고 어느새 저만큼 가 있다.

　그의 그림에는 그늘이 없다. 그림자를 남기지 않는 절영도의 말처럼 빛이 어디에서부터 달려와 어디를 관통해 어떻게 스러지는지를 보여주지 않는다. 빛을 생성하는 근원과 그것이 가서 꽂히는 중심부와 그 중심이 방치한 주변부를 확연히 구분해주지 않는다.

　김종식의 그림은 그래서 전체가 한 덩어리이고 전체가 중심이고 전체가 주변이다. 뛰어난 재능에도 불구하고, 동경 유학을 같이 했던 서울 화가들의 손짓에도 불구하고, 줄곧 부산에서 그림을 그렸던 김종식의 고집스런 생이 그러했다. 부산이 또한 그랬다. 부산은 그림자를 싫어하는 도시였다. 대세에 기대지 않았고 중심을 따르지 않았다. 후광을 원치 않았고 타협에 서툴렀다. 스스로 중심이고 스스로 주변이었다.

　김종식은 바다의 표면을 그리지 않고 그 내면을 그렸다. 흐르는 피와 뛰는 심장과 솟는 힘줄을 그렸다. 그가 그린 여러 편의 부산 풍경들, 부산항 연작을 비롯해 구포 신암 해운대 범어사 엄궁 금정산 광안리 하단 연산동 낙동강 구덕산 용두산 동삼동의 모습들은 대부분 구상도 아니고 추상도 아니다. 구상이라기엔 눈으로 볼 수 없는 그

김종식, 〈태종대〉, 캔버스에 유채, 383×457, 1982

무엇이 있고 추상이라기엔 볼 때마다 새롭게 떠오르는 형상이 있다. 실체를 보여주겠다고 손짓하지만 가까이 다가가면 없고, 실체가 없는 듯하지만 멀리 물러서서 보면 환영처럼 지느러미를 흔들며 가는 파장이 있다. 정지한 듯하다가 요동치고, 요동치는 듯 일순간 차렷 자세가 된다.

섬은 수동적인 여성성이고 바다는 능동적인 남성성을 가졌을 것인데 태종대 바다는 더더욱 팔딱인다. 울렁대고 꿈틀대고 들썩대는 난바다의 물결이다. 부산의 바다를 다 불러 모아 전열을 정비해 총진격을 가하고 있는 태세다. 또는 가도 가도 망망한 바닷길, 넘실대는 새 날의 도전을 열어주고 있는 태세다.

그 열망으로 그림 속의 태종대는 요동치고 있다. 치솟는 기운을 어쩌지 못해 마구 들끓고 있다. 태종대 자갈밭에 자꾸 머리를 쥐어박고 있다. 달려 나가고 싶다고, 저 너른 대양을 향해 솟구치고 싶다고.

기리고 또 기린 김종식

어느 날의 낙서에 그는 '이 공간을 내 멋대로 할 수 있는 권리'가 있다고 적었다. 이는 예술가에게 주어진 무한한 권한이며 형벌이다. 김종식은 그 자유정신으로 실제 풍경 그 너머를 보았고 실제 풍경 그 이상을 그렸다. 열린 예술혼으로 부산화단을 개척한 그는 1918년 부산 장전동에서 태어나 1988년 부산에서 서거했다. 동래공

립보통학교를 졸업한 후 일본에 5년간 유학했다. 귀국 후 중등학교 미술교사와 동아대 교수로 재직하며 작품 활동을 했다. 동아대 재직 시절 그림의 기술을 묻는 제자들에게 "그냥 기리고 싶은 대로 기리라."고만 대답했다고 한다. 그 모범이라도 보이려는 듯 김종식은 600권에 이르는 스케치북에 드로잉 작품을 남겼다. 그는 기리고 또 기린 화가였다. 여명기의 부산화단을 가꾼 1세대 토박이 작가로 1953년의 '토벽동인전'에 참여했다. 범어사 입구에 후배들이 세운 그림비가 있다.

먼 기다림이 빚은 조각품

　우리가 인지하는 땅의 형상은 바다 위로 드러난 일부의 모습이다. 우리가 우러러보는 산, 가슴을 열고 시원한 눈맛으로 맞이하는 들판, 저 아래 구불구불한 협곡, 그것들은 모두 바다가 다 품지 못해 드러낸 땅의 일부 형상이다. 보이지 않는 바다의 심연에는 우리가 보지 못하는 몇 배의 땅이 숨 쉬고 있다.

　아주 오랜 지구의 시원은 땅이 하나도 보이지 않는 망망대해였다. 바다는 그것들을 다 품고 있기에 숨이 차 조금씩 땅을 바다 위로 내보냈을 것이다. 장성한 자식들을 집 밖으로 내보내듯이 말이다. 땅은 그러니까 바다가 분가해 보낸 자식들이고, 바다는 땅의 아주 오래 전 어머니였다.

　그 어머니가 아직 지구의 4분의 3을 자궁 안에 품고 있다. 인류가 정복한 지구는 사실 전체의 사분의 일에 지나지 않는 것이다. 그 중에는 오류도의 우삭도처럼 분가가 한창 진행 중인 땅도 있다. 우삭도는 오류도 중 육지에서 가장 가까운 섬인데 썰물 때는 하나로 보였다

　동백꽃, 붉고 시린 눈물

가 밀물 때는 방패섬과 솔섬 두 개로 보인다. 바닷물이 들어오는 밀물 때는 섬의 상부만 보이기 때문에 두 개로 나뉘었다가 바닷물이 빠지는 썰물 때는 다시 하나가 되는 것이다. 품 넓은 바다의 아량을 믿고 분가를 시도해보다가 우삭도의 손에 이끌려 다시 집으로 불려 들어간 형상이다.

부산의 상징으로 즐겨 칭송되는 오륙도는 용호2동 용호농장 앞 승두말에서 바다 쪽으로 솟아 있는 돌로 이루어진 섬이다. 육지에서부터 우삭도 수리섬 송곳섬 굴섬 등대섬 등 다섯 개의 섬으로 이루어져 있다. 그 중 우삭도가 밀물 때 방패섬과 솔섬으로 나눠지면서 여섯 개의 섬이 된다. 오륙도라는 이름은 그래서 붙여진 것이다.

우삭도가 쉽게 분가되지 않는 것은 분가가 아직 이르다고 여긴 어머니의 노파심일 수도 있으나 자기들 스스로 아직 때가 아니라고 여긴 탐색과정일 수도 있다. 둘로 쪼개져 각기 따로 세상을 향해 얼굴을 내밀어보다가 만만찮은 세파에 주눅이 들어 다시 몸을 움츠려 하나가 되는 것이다. 든든한 배경을 버리고 혼자 저 거센 바다와 대적하기가 쉽지 않았을 것이다.

그러니까 방패섬과 솔섬은 바다로부터의 퇴거신고도 육지로의 전입신고도 하지 않은 채 오랫동안 둘 사이에서 눈치를 보고 있는 중이다. 바다로부터의 독립이든, 부모로부터의 독립이든, 여기서 저기로 거처를 옮기는 것이든, 우삭도는 그 오랜 시간을 허비하고도 쉽게 결단을 내리지 못하고 우왕좌왕하고 있다. 우삭도는 지금 생각이 많다.

그러나 분가를 하든 않든 그 심연으로 내려가면 지구는 결국 하나의 몸체다. 그 뿌리는 하나다. 분가시켰다고 어찌 같은 피가 흐르는 자식을 나 몰라라 할 수 있겠는가. 부산의 크고 작은 섬들도 마찬가지다.

부산에는 모두 서른일곱 개의 섬이 있다. 그 중 사람이 살고 있는 섬은 영도, 강서구 천가동의 가덕도, 기장읍 연화리의 죽도 등 세 곳이다. 서른네 개가 사람이 살지 않는 섬으로 그 중 여섯 개가 낙동강 하구의 모래섬이고 나머지는 모두 오륙도와 같은 바위섬이다.

아득히 먼 천지개벽 적/어느 거룩한 손이 있어/돌 수제비를 떠 덤벙덤벙 던져 놓았다//처음 이 항구를 찾아든 사람들은/저 한 무리 바위 덩이를/손님맞이 무슨 푯돌로 세워 놓은 줄 알았다//이제 항구를 떠나는 사람들에게도/언제 다시 돌아올지 모르나/그리움을 마음 깊이 새기는 징표가 되었다//누구나 다시 돌아와 보면/동구 밖 정겨운 돌장승 같기도 하고/은근히 가슴에 안겨드는 망부석 같다

—김규태 시「오륙도」

시인이 노래한 오륙도의 역사는 부산의 역사이자 한반도의 역사이
며 지구의 역사다. 사람의 역사는 삶의 터전인 땅의 생성과 함께 시
작된 것으로 한반도 역시 아득히 먼 천지개벽 뒤 어느 거룩한 손이
덤벙덤벙 던져놓은 돌 수제비였을 것이다. 오륙도는 그 중에서 제대
로 뭉치지 않고 던진 작은 수제비 알이었다.

너무 작고 단단해서 사람이 들어가 땅을 일구고 살기에는 모자랐지
만 처음 이 항구를 찾는 사람들에게는 반가운 손님맞이 푯돌이었다.
또 이 항구를 떠나는 사람들에게는 다시 돌아올 날을 기약하는 그리
움의 징표였다. 오륙도는 그렇게 드나드는 사람들을 보내고 받아들
인 동구 밖 정겨운 돌장승이었다. 넉넉하고 은근한 망부석이었다.

오륙도가 맞이하고 보낸 세월이 그 얼마였겠는가. 사랑도 있고 반
가운 환호성도 있고 애끓는 이별도 있었으리라. 오륙도에 붙여진 각
각의 이름들이 그 긴 여정을 대변한다.

바다의 세찬 비바람을 막아준 방패섬, 먼 바다를 향한 기다림들이 소나무가 되어 뿌리를 내린 솔섬, 외로운 날들을 수절하며 제 허벅지를 송곳으로 찔러댔을 송곳섬, 독수리의 날갯짓으로 솟아오르고 싶었을 수리섬, 긴긴날의 기다림이 굴이 되고 그 눈물방울이 굴 천장에서 흐르는 물이 되었을 굴섬, 가장 멀리까지 마중을 나가 어두운 바다 너머 오시는 님을 위해 밤새 눈을 깜바이고 있는 등대섬. 오륙도의 형상들은 저 먼 바다를 향한 오랜 기다림이 빚어낸 하나의 조각품이다.

오륙도의 그런 기다림은 서슬이 푸르다. 님이 아닌 다른 것들의 접근을 허락지 않겠다는 듯 목이 좁아 조류의 흐름이 빠르다. 뱃길로서는 위험해 옛날 이곳을 지나는 뱃사람들은 무사를 비는 공양미를 던져 바다의 신을 달랬다고 한다. 우리나라의 관문으로 부산 사람의 마음속에 새겨진 상징물이며 다섯 개 또는 여섯 개의 섬이 되어 펼쳐 보이는 우아한 자태와 조화가 빼어난 예술품에 견줄 만하다.

자갈과 모래와 같은 퇴적물이 없이 갯바위로만 이루어진 오륙도는 처음에 하나의 조그만 반도였다가 오랜 세월 파도에 부서지고 밀려나면서 섬이 된 것으로 추정하고 있다.

오륙도의 이모저모

오륙도에 등대가 개설된 것은 1937년이다. 1876년 부산항이 개항되고 부산의 관문인 오륙도 앞으로 배들이 드나들기 시작하자 항구를 알리는 길잡이 역할을 하도록 오륙도의 밭섬(그 뒤 등대섬이 됨) 위에 등대를 세웠다. 그리고 오륙도가 지번을 부여받아 토지 대장에 등재된 것은 1986년 남구청에 의해서였다. 육지에서 가까운 순서대로 용호동 936에서부터 941까지 번지가 붙었다.

최근에는 56세에 이르도록 회사에 남아 있는 도둑이라는 뜻으로 오륙도가 쓰이고 있다. 이 말은 청년실업의 심각함을 강조한 이태백(이십대의 태반이 백수)들이 만든 은어일 것인데 뭍에서 떨어져 나가 추위에 떨며 불철주야 보초를 서고 있는 오륙도의 입장에서 보면 좀 억울한 누명이다.

경상도 아가씨의 순정에 기적이 운다

　정거장은 만남이기도 하고 이별이기도 하다. 만남과 이별은 모든 생명이 일생 동안 지속하는 숨쉬기 운동이다. 떠도는 자의 운명을 수락한 동물의 경우, 그리고 거기서 한걸음 더 나아가 자발적이고 무모한 표류를 감행하기도 하는 인간의 경우, 수시로 정거장을 세우고 정거장을 허문다. 정거장에 머물기도 하고 정거장을 모른 채 그냥 지나치기도 한다.

　만남을 눈앞에 둔 정거장은 승리의 개선문처럼 위풍당당할 것이나 이별 뒤에 쓸쓸히 빠져나오는 정거장은 깊고 어두운 수렁과 같다. 인간의 성숙은 십중팔구 이 정거장에서 이루어진다. 만남의 환희가 주는 신명나는 추임새, 이별의 아픔이 주는 혹독한 채찍질은 정거장이 우리에게 내리는 값진 선물이다. 굳이 그 영양분을 따지자면 만남보다 이별 쪽의 손을 들어주어야 할 것이다. 만남의 기쁨은 거품처럼 곧 사위어가지만 이별의 아픔은 두고두고 자신을 채찍질한다. 그만 포기하고 그만 잊고자 하는 나태한 자신을 들쑤시고 일으켜 세운다.

부산역은 평범한 정거장이 아니다. 길 가운데 엉거주춤 선, 오가는 것들의 중간 귀착지가 아니다. 시발점이 아니면 종착점이다. 떠나는 곳이 아니면 돌아오는 곳이다. 부산역은 어디로 갈 것인지를 묻지 않는다. 아래로 갈 것인지 위로 갈 것인지, 오른쪽으로 갈 것인지 왼쪽으로 갈 것인지를 묻지 않는다. 부산역은 떠날 것인지 다시 돌아올 것인지를 묻는다. 처음과 끝을 묻는다. 부산역이 우리에게 던지는 질문은 그와 같은 단답형이다.

부산역 앞에 서면 나는 설렌다. 기차가 서는 낯선 지명들을 되뇌며 막연한 기대와 몽상에 젖던 시절이 있었다. 내 뒷덜미를 부여잡던 일상과 어디든지 내빼 보라고 등을 떠밀던 일탈 사이에서 나는 어떤 결단도 내리지 못하고 갈등했다. 일상은 진부하고 완고했지만 일탈은 오리무중이며 위험했다. 나는 번번이 미숙한 일탈 대신 안전한 일상을 선택했다. 나는 떠나지 못하고 역전을 서성였다. 열차시간표와 떠나고 돌아오는 사람들의 분주한 발걸음을 부러운 눈으로 쳐다보았다.

그때, 나에게 부산역은 새로운 만남보다는 영원한 이별의 공간으로 여겨졌다. 만남은 주고받음이 있는 양 방향 교신이지만 이별은 허공에 날려 보내는 한 방향 통신이다. 이별은 누구와 나누어 가질 수 없다. 혼자 다 떠안고 가는 것이다. 오래오래 속에서 곱씹는 것이다. 그것이 노래가 되고 눈물이 되고 가슴 한가운데 자리 잡는 아픈 추억이 된다. 여기 그 이별의 노래가 있다.

보슬비가 소리도 없이 이별 슬픈 부산정거장/잘 가세요 잘 있어요 눈물의 기적이 운다/한많은 피난살이 설움도 많아/그래도 잊지 못할 판잣집이여/경상도 사투리의 아가씨가 슬피 우네/이별의 부산정거장//서울 가는 십이열차에 기대앉은 젊은 나그네/시름없이 내다보는 창밖에 기적이 운다/쓰라린 피난살이 지나고 보니/그래도 끊지 못할 순정 때문에/기적도 목이 메어 소리 높이 우는구나/이별의 부산정거장//가기 전에 떠나기 전에 하고 싶은 말 한 마디를/유리창에 그려 보는 그 마음 안타까워라/고향에 가시거든 잊지를 말고/한두 자 봄소식을 전해주소서/몸부림치는 몸을 뿌리치고 떠나가는/이별의 부산정거장

호동아 작사, 박시춘 작곡 〈이별의 부산정거장〉은 환도 열차에 님을 떠나보내는 부산 사람의 애타는 심정을 담아 1953년 남인수가 부른 노래다. 떠나는 사람과 보내는 사람의 사연은 모두 달랐을 것이나 그 이별의 정한만은 같았으리라. 삼 년여의 짧은 기간이었지만 피난올 땐 없던 어린애를 들쳐 업은 아낙네도 있었고 전쟁 통에 모든 걸 다 잃고 홀몸으로 돌아가는 남정네도 있었으리라.

서울이 수복되고 중앙청에 다시 태극기가 걸리자 힘겨운 피난 생활을 접고 사람들은 그리운 고향으로 돌아가게 된다. 꿈에도 그리던 고향을 향하는 발길들은 감격의 노래를 부를 만도 한데 귀향열차를 탄 사람들은 왠지 부산을 쉽게 떨쳐버릴 수가 없다.

절체절명의 위기를 품어준 부산이 고맙고 네 것 내 것 없이 아픔을

부산역 앞

나누어 가질 줄 알았던 부산 사람과 맺은 정분이 그만큼 두터웠기 때문이리라. 그동안 정들었던 부산은 그들에게 제2의 고향이나 다름없었고 귀향 열차는 그래서 눈물겨운 이별 열차였다.

쉽게 발길이 떨어지지 않던 정든 것들과의 이별, 한 많은 피난살이의 설움, 비바람을 막아준 판잣집은 지긋지긋하고 남루한 일상이었지만 전쟁 통의 위기상황을 막아줄 따스한 보금자리였다. 그 극한의 체험들은 두고두고 잊지 못할 기억들로 남았을 것이다.

'잘 가세요 잘 있어요 눈물의 기적이 운다' 라는 한 소절의 노랫말 속에 보내는 이와 떠나는 이의 말 못할 사연이 깃들어 있다. 붙잡고 싶으나 붙잡지 못하는 경상도 아가씨와 가고 싶지 않으나 가야 하는 젊은 나그네의 사연은 속속들이 알 수 없으나 참혹한 전쟁이 낳은 아픈 상흔일 것이라는 짐작은 가능하다.

그 순정은 밖으로 드러낼 수도 없고 끊으려 해도 끊을 수 없는 것이어서 더욱 가슴이 아리다. 그 애타는 심정을 알아주기라도 하듯 기적이 운다. 대신 목 놓아 소리쳐 울어주기라도 하듯 기적이 운다. 그렇게 기적을 울리며 증기를 푹푹 뿜으며 기차는 멀어져갔을 것이다. 울렁대며 덜컹대며 가슴을 쓸어내리며 기차는 저만큼 멀어져 갔을 것이다.

그때나 지금이나 기차는 떠나고, 한번 떠난 기차는 목놓아 부른다고 해서, 달음박질로 따라붙는다고 해서 멈추거나 돌아서지 않는다. 남겨진 사랑을 두고 기차는 뒤도 한 번 돌아보지 않고 발걸음을 재촉한다.

그리고 이제, 기차는 떠나도 기적은 울리지 않는다. 기차는 떠나도 증기를 내뿜지는 않는다. 기적은 가고 싶지 않은 길을 가는, 사랑하는 사람을 남겨두고 가야 하는 기차의 서글픈 통곡이었겠지만 기차는 이제 통곡하지 않는다. 기차의 증기는 그렇게 발걸음을 떼어 놓으며 쏟아 놓는 자욱한 눈물이었겠지만 이제는 그렇게 솟구칠 서러움이 없는 모양이다.

오랜만에 이 노래를 다시 들어 보니 카랑카랑한 남인수의 음색 때문인지, 다소 빠른 곡조 때문인지, 잊혀져가는 옛날 이야기여서 그런지, 정작 노래에서는 이렇다 할 애한이 느껴지지 않는다. 경쾌한 곡조는 노랫말과는 달리 어서 달려 부산을 벗어나고픈 열망으로 넘실대고 있다. 고향으로 돌아간다는 기쁨 때문이었을까. 서럽고 고달팠던 피난살이에 종지부를 찍는 후련함 때문이었을까.

그래서일까. '고향에 가시거든 잊지를 말고 한두 자 봄소식을 전해' 달라는 당부를 차창에 그려 넣고 있는 경상도아가씨의 순정이 더더욱 안타깝게 느껴진다.

콩글리쉬로 부르는 노래

〈이별의 부산정거장〉은 어색하고 냉랭한 노래방의 초장 분위기를 띄우는 노래로 즐겨 선곡되는 곡이다. 가사 내용은 떠나는 이의 바짓가랑이라도 잡고 싶은 심정이지만 노랫가락에서는 전혀 그런 진부한 미련이 느껴지지 않는다. 포스트모던 이별곡의 시초라고나 할까. 부산의 이별은 그처럼 구질구질하지 않다. 좀 더 신나게 다음 과 같은 콩글리쉬로 부를 수도 있다.

보슬레인 노노사운드 세퍼레트 부산 스테이션/아이도 굳바이 유 도 굳바이 세퍼레트 부산 스테이션/한메니 피나데이 섬움도 메니/ 그래도 돈트 포겟 판자 하우스/경상도 로컬 스피치 레이디도 슬퍼 크라이/세퍼레이트 부산 스테이션

우리는 갈대처럼 흔들렸다

길의 끝까지 가보고 싶었던 시절이 있었다. 엄혹한 침묵의 칠십년대 말, 임금님 귀는 당나귀 귀라고 외칠 용기도, 그것을 안으로 삭힐 지혜도, 적당한 타협을 구할 융통성도 없던 시절이었다. 어떤 친구는 강원도 탄광의 막장 속으로 들어가겠다고 했고, 어떤 친구는 염사가 되겠다고 했고, 어떤 친구는 흔적 없이 세상 밖으로 증발해버리겠다고 했다. 이 폭압의 끝이 어디인지 알 수 없으나, 이 대책 없는 청춘의 끝이 어디인지 알 수 없으나, 그렇게 어서 끝에까지 가버리면 새로운 희망이 기다리고 있을 것이라 여겨지던 시절이었다. 그렇게 속은 불같이 뜨거웠으나 정작 손발은 얼어붙어 바보 등신처럼 아무 짓도 할 수 없던 시절이었다.

그 시절 우리는 값싼 막걸리에 기대 무작정 젊음을 탕진하고 있었다. 막걸리는 아지 못할 격정으로 타오르는 뜨거운 속을 진화하는 방화수였고, 아지 못할 두려움에 꽁꽁 얼어붙은 손발을 녹이는 온수였다. 주먹을 쥐고 침을 튀기며 다짐하던 맹세들은 한두 잔 낮술이 깊어지면서 서서히 물거품이 되어갔다. 그리고 마침내, 가득 찬 술통이 되어 허적허적 강변의 노을을 향해 걸어 나올 즈음, 우리는 혀 꼬부라진 소리로 유행가나 주절대고 있을 뿐이었다. 무정하고 매정하게 넘어가던 해를 향해 한판 시원하게 오줌이나 갈기고 있을 뿐이었다.

하단은 그런 짓거리를 하기에 맞춤한 곳이었다. 시내버스로도 두어 시간, 그곳은 도시의 중심부로부터 충분히 떨어진 곳이어서 도피처로 적당했다. 이윽고 길의 끝, 낭만과 피안의 안전한 무풍지대에 이르렀다는 안도감. 끊임없이 우리를 추궁했던 것들로부터 벗어난 해방구였다. 벌써 30여 년 전의 풍경이 되어버렸다. 시내버스가 인적 드문 황량한 들판에 우리를 내던지듯 내려주고 간 곳, 어렴풋이 강이 흐르고 갈대가 서걱대고 강의 낙조를 따라 철새가 일제히 날아오르던 하단포구, 그 서정을 신창호 그림 〈하단정경〉에서 다시 만났다.

산과 강과 풀밭, 몇 채의 집과 나룻배가 있는 풍경이다. 산은 멀리 각각의 색채를 숨기고 있다. 산을 공손히 받치고 있는 희미한 푸른 띠. 그리고 강의 내부로 불쑥 침범해 들어앉은 선명한 풀밭. 풀밭 위에 아주 낮게 어깨 끼고 앉은 몇 채의 집. 집들을 더욱 낮게 웅크려 앉게 만든 두어 그루의 키 큰 나무. 소와 강아지와 사람의 발길이 오랫동안 지나가며 들추어 놓았을 땅의 속살. 그리고 낮은 풀들의 고요한 물그림자. 그림자를 밟고 선 나룻배. 몸을 기댈 자리가 아닌데도 염치불구하고 다리를 걸친 나룻배. 하늘 저 멀리서 번져오는 석양의 붉은 빛을 받아내고 있는 강물.

작품 제목은 이것을 1980년의 하단으로 설명하고 있지만 거대한

신창호, 〈하단정경〉, 캔버스에 유채, 45,5×38, 1980

아파트들이 운집한 지금의 하단에서 그 기억을 들추어내는 일은 쉽지 않다. 화가가 상상으로 그려낸 가상공간쯤으로 여겨질 수도 있을 것이다. 그러나 이것은 분명히 실재했던 풍경이고 중장년층 부산 사람들의 크고 작은 추억이 깃든 공간이다.

아래치 끝치라는 뜻의 하단(下端)은 낙동강의 끝이란 의미이겠으나 이름값을 하느라 그랬는지 몇 차례 개발기회를 놓쳤다. 『동래부지』의 기록에 의하면 하단은 동래읍에 버금가는 집단부락이었다. 하단에 사람이 살기 시작한 것은 기원전 4~3세기경의 철기시대로 그 시절의 패총이 발견되기도 했다. 하단은 부산항 개항 당시 물자가 모였다가 낙동강을 따라 내륙으로 운반되던 상업의 요지였다. 일찍이 그것을 간파한 일본 영사가 1896년 삼랑진에서 서낙동강을 건너 하단 괴정 동광동에 이르는 경부선 철도 노선을 계획한 바 있고, 1897년 부산의 선각자 박기종 옹이 부산과 하단 사이에 길이 6km의 철길을 놓으려고 일부 착공까지 했으나 하단 주민과 객주들의 반대에 부딪쳐 계획이 무산된 기록이 있다. '쇠말이 들어오면 동네가 망한다'는 이유였는데 이후 철도는 사상으로 우회하여 개설되었다.

이 바람에 교역의 중심축을 뺏긴 하단은 급속도로 쇠퇴하게 되지만, 그 대신 신평장림공단과 낙동강하구둑이 들어서기 전까지 하단은 강변의 원형이 잘 보존된 아름다운 변방이었다. 그 시절 하단은 쇠퇴한 곳이 아니라 넉넉하고 푸근한 어머니의 품이었다. 말만 앞서던 젊은 것들의 투정을, 온갖 공염불과 허풍과 엄살을 받아준 어머니였다. 철없는 자식과 너그러운 어머니의 한판 살풀이가 진행되던 그

곳은 에덴공원의 낭만 주점들이었다.

> 초가집 갉아먹고 있다./통키타 퉁기면서/풀잎 마르는 냄새에 취
> 해/흙벽돌 씹고 있다./건너편 乙叔島에는/새 소리 찾아/일어서는 갈
> 대/電畜은/江물 고함지르게 하고 있다./바람으로 더욱 날이 선/갈대
> /새들의 심장으로 投身하는데/통키타보다 먼저/손바닥 닳아지고 있
> 다./문 밖에서 칼을 품고/숨죽이는 江물./통키타는/손가락마다 피흘
> 리며/줄넘기에 신들리고 있다./사금파리 든 채/江물 밀치고/들어서
> 는/山들과 나무./통키타와 손바닥/비명 질러도/달빛으로 빛나는/그
> 들의 決行./江물도/칼을 뽑아/방안으로 방안으로/밀려들고 있다.
>
> —양왕용 시 「에덴공원의 젊은이들-下端사람들·6」 전부

그때 우리는 갈대처럼 흔들렸다. 이 시의 잦은 행갈이처럼 숨가쁘
게 허덕이며 청춘의 고비사막을 건너고 있었다. 통기타를 긁으면서,
바락바락 뜻도 모르는 팝송을 따라 부르면서, 비틀거리면서, 갈대처
럼 서걱대면서 울었다. 우리의 울분은 강물을 고함지르게 했고, 갈대
는 비수가 되어 새들의 심장에 가서 꽂혔다. 달빛에 번득이며 강마저
도 마침내 칼을 뽑아들었다.

그렇게 갈 데까지 가버리자고 갔던 곳이 을숙도였다. 을숙도는 우
리가 갈 수 있는 막장 속 최후 갱도였다. 신창호 그림 〈노을 지는 을
숙도〉에는 저물어가는 해가 있다. 어느덧 그렇게 우리의 청춘이 저
물고 있었고 번영을 향해 쾌속 질주하던 20세기가 저물고 있었다. 거

기에 편승해 달려 나간 사이 을숙도는 하굿둑에 허리가 잘리고 맥박이 끊겨 저렇게 신음하며 죽어가고 있었다.

그러고도 한창이 지나 다시 가본 을숙도는 장벽 저쪽의 단절된 처소였다. 멀리 내려앉은 새들을 한 번 불러 보지도 못하고 가슴에 담아보지도 못하고 나는 관음증 환자처럼 조용히 숨어서 그들을 '탐조' 해야만 했다.

각별한 하단 사랑

화가 신창호(1928~2003)와 시인 양왕용(1943~)의 하단에 대한 애착은 각별했다. 신창호 풍경화의 다수가 하단과 을숙도를 배경으로 했고 양왕용 연작시 「하단 사람들」은 13편에 이르고 있다. 쉼 없이 흐르고 변화하는 것이 예술가의 덕목일진대 오랫동안 한 지점을 응시한 그들의 천착은 새로운 유혹을 떨치며 가는 고행의 과정이었을 것이다.

신창호 화백과 친분이 두터웠던 박문하는 시 「을숙도에 가면」에서 '철새도 가고 없는 낙동강 하구언-//바람 부는 강둑에 서면,/저기 고수부지 가로질러/신창호 화백이/혼자 터벅터벅 걸어온다.' 고 적었다. 그리고 양왕용은 또 다른 하단시편에서 '재첩잡이 언니 어디로 갔나./을숙도 갈대밭 옥수수 어디로 갔나./바람아 불어라. 석달 열흘만 불어라.' 하고 옛 풍경을 그리워했다.

근대화가 드리운 불안한 그림자

　근대도시의 형성과정이 그러하겠으나 지금의 부산은 지나간 기억을 초석으로 삼지 않고 미래의 전망만을 기반으로 하여 구축된 도시다. 서둘러 달려가야 할 미래만을 생각할 때, 지난 역사는 어서 묻어버리고 망각해야 할 구차하고 보잘것없는 기억으로 전락한다. 부산의 근대화는 전근대의 요소를 발전적으로 계승하기보다는 그것들을 몰수하고 덮는 단절의 과정에 가까웠다.

　사실 그럴 만한 여유가 없기도 했다. 한적하고 평화롭던 항구도시가 일시에 북새통이 되었던 오십년대와, 물밀듯이 밀고 들어온 산업화의 격랑을 정신없이 받아들인 육, 칠십년대를 겪으면서 부산의 면모는 조감도나 설계도 없이 중구난방으로 집을 지은 꼴이었다. 그렇게 무차별로 진행된 부산의 근대화는 모래 위에 지은 집처럼 아슬아슬한 측면도 없지 않다. 지상과 고가를 어지럽게 넘나드는 도로망과, 스카이라인을 전혀 고려하지 않은 고층건물과, 눈앞을 막아서는 무질서한 간판들 사이에서, 사람이 다니는 길은 좁아졌거나 없어졌다.

그 길을 요리조리 빠져나가고 있는 사람들을 보고 있을라치면 알지 못할 불안감에 휩싸인다. 언제 무너질지, 언제 꺼질지 모르는 사상누각에 서 있는 느낌이다. 과민한 탓일까, 나를 자책해 보기도 하지만 그런 불안감이 전혀 근거 없는 공상만은 아닌 듯하다. 부산 도심의 상당부분이 바다나 하천을 매립한 매축지고 그런 불안전한 기반 위에 세운 건물들이 구조적 결함을 나타내는 경우를 가끔 보고 있기 때문이다.

전체 도시 면적의 70퍼센트가 산인 부산이 이만한 거대도시로 발전하기까지에는 크고 작은 매립의 과정이 있었다. 지금은 서면에 자리를 내주기는 했으나 오랫동안 부산의 번화가였던 남포동 대교동은 바다를 매립하고 항만을 조성하면서 형성된 시가지다. 또 수영만 용호만 감천만, 자갈치 신선대 민락동, 영도 동삼동과 송도 일원이 해안을 매립한 곳이고, 녹산 명지의 낙동강 하구 일원이 강을 매립하여 조성한 곳이다. 그리고 동네 이름이 아예 매축지가 된 곳도 있다. 지하철 좌천역 2, 4번 출구로 나와 부두 쪽으로 걸아가면 나타나는 좌천3동 범일5동 일대가 그곳이다. 오래되어 낡고 좁은 집들이 매축1길에서 매축8길까지의 팻말을 달고 있다.

유익서 소설 〈우리들의 축제〉는 이 매축지를 배경으로 하고 있다. 소설 속의 주인공과 여자친구는 항구의 비어 있는 빌딩을 크로컬랜드라 이름 붙인다. 크로컬랜드는 19세기 초 영국과 미국의 탐험가들이 북대서양 항로 개척 중 발견한 거대한 산이었으나 아무리 해도 가까워지지 않았던 신기루였다. 크로컬랜드는 세상에 존재하지 않는

땅으로 자신들만 알고 있는 자신들만의 땅이다. 근거 없는 믿음 위에 군림하는 신화적 존재인 것이다. 그 상징이 된 항구의 빌딩은 건축사의 오판으로 인해 잘못 지어진 채 조금씩 무너지고 있다.

　현대를 사는 인간의 심리상태는 금이 간 채 기울고 있는 빌딩처럼 어둡고 불안하며 극도의 소외감에 시달린다. 기반이 없는 사상누각이다. 두 등장인물은 자발적으로 그 파국에 동참한다. 거룩한 죽음을 받아들이는 순교자들처럼 말이다. 이 소설은 크로컬랜드를 통해 현대인의 방황과 고독, 공유되지 못하는 사고, 대화의 단절 등 사회와 개인의 부조화와 불완전성을 그리고 있다. 소설의 한 대목을 따라가 보자.

　"빌딩이 서 있는 자리는 개펄을 흙으로 메운 매축지(埋築地)였다. 지하 깊이 매장되어 있는 암반에다 기둥을 박아 기초를 닦고 그 위에다 빌딩을 올린 것이었다. 그러나 암반이라 판단하고 기둥을 박은 그 바위가 개펄의 지층에 떠 있던 작은 규모의 바위에 지나지 않았다. 13층의 빌딩을 올리자 건물의 하중(荷重)을 감당하지 못한, 그 지층에 떠 있던 바위가 침하하기 시작했고, 따라서 건물 남쪽에 금이 가기 시작했다. 전문 기관에서 나와 건물의 안전도를 측정한 후, 도괴가 진행 중이라는 진단을 내렸다. 도괴 중이라는 진단이 내리자 해운공사를 비롯하여 그 빌딩에 입주해 있던 모든 사무실이 철수하고 빌딩은 텅 비게 되었다. 그 빌딩의 설계는 물론 시공 감리까지 책임을 맡았던 그 젊은 설계사는 빌딩이 도괴 중이라는 진단이 내린 며칠 후 대한해협으로 뚜벅뚜벅 걸어 들어간 것이었다."

소설의 진술처럼 현대 도시문명은 '암반이라 판단하고 기둥을 박은 그 바위가 개펄의 지층에 떠 있던 작은 규모의 바위에 지나지 않'을 확률이 높다. 도시는 어떤 목표를 강요하고 그 목표를 빠른 시일 안에 넘어서기를 강요하지만, 그래서 무엇인가를 성취했다는 자만에 빠져들게 하지만, 그 성취가 지금 몹쓸 부메랑이 되어 돌아오고 있다. 환경파괴로 인한 자연 이변과 날로 광포해지는 인성이 그것을 증명한다. 소설 속 등장인물들이 항구도시에서 수시로 감지하는 '쇠의 속살이 썩어내리는 비릿하고 역한 냄새'가 그 징후의 서막이며 '속내를 알 까닭이 없는 항구도시의 시민들'이 '수명이 다해 스스로 무너진 것으로 생각'한 빌딩의 붕괴가 그 징후의 결말이다.

이 소설은 1945년 부산에서 태어난 작가 유익서의 1978년 중앙일보 신춘문예 당선작으로 세상에 나왔는데 많은 사상자를 낸 1970년의 서울 와우아파트 붕괴 사건이 작품 구상의 한 실마리가 되었을 것도 같다. 소가 누워 있는 형상의 와우산(臥牛山) 등허리를 허물고 아파트를 지었는데 소가 그 무게를 견디지 못하고 몸을 흔들어 아파트가 무너졌다는 속설이 있었다. 유익서 소설 속의 빌딩은 거기서 더 나아가 끝내 성취할 수 없는 신기루로, 어디에도 뿌리 내릴 수 없는 허황된 꿈의 붕괴로 발전제일주의에 경고장을 던지고 있다.

빌딩은 무너지기 전, 순교를 자청한 두 등장인물에게 '우리는 당신들이 우리의 고통, 슬픔, 원망, 저주 이런 걸 다 듣고 보기를 원합니다.' 하고 속삭인다. 그 낌새를 감지한 그들은, 틈이 벌어지고 철근이 앙상하게 드러난 빌딩이 이렇게 오래 버티고 있었다는 사실에 경악

한다. 그리고 '낮 동안은 어떤 일에도 태연하고 뻔뻔스럽던 항구도시가 기실 세상이 다 잠든 시각이면 홀로 깨어 울고 있는 것이 틀림없다'는 결론에 이르게 된다. '그로부터 며칠 뒤 마침내 그 빌딩은 무너졌다. 그 속내를 알 까닭이 없는 항구도시의 시민들은 마침내 빌딩이 수명을 다해 스스로 무너진 것으로 생각했다.'

옛집을 찾아서

소설 속의 실제공간을 찾아가면서 나는 어렴풋이 남아 있는 유년의 기억을 쫓아 매축지 옛집을 찾아보았다. 명백한 직무이탈이었지만 철거를 눈앞에 둔 동네를 보니 어쩔 수 없었다. 그렇게 넓어 보이던 골목, 여기서 오래 어정대다가는 집으로 돌아가지 못할 것 같던 신작로는 너무 좁아져 있었다. 그러나 아침저녁으로 동무들의 이름을 부르던 그 집들은 그대로였다. 다닥다닥 사이좋게 어깨를 맞대고 사십 년 만에 찾아온 나를 맞아주고 있었다. 그때 가꾸다 두고 온 화분들. 구멍가게 할머니, 연탄집 할아버지도 그대로였다. 사이좋게 붙은 집들은 모두가 내가 살던 옛집 같아서 나는 곧 길을 잃고 말았다. 적어도 오륙십 년은 되었을 그 집들은 내가 살던 그때나 지금이나 별반 다른 모습이 아니었다. 낡긴 했으나 모두 그만그만하게 나지막해서 소설 속의 건물처럼 곧 무너질 것 같지도 않았다.

부산항

그때의 언약은 어디가고

　부산의 중심부인 광복동 대청동을 내려다보며 우뚝 솟은 용두산공원은 도심 한가운데 위치한 부산의 대표적 시민공원이다. 부산항을 한눈에 내려다볼 수 있고 120미터 높이의 부산타워를 오르면 시가지와 항구의 전경은 물론 맑은 날에는 멀리 일본 대마도까지 보이는 곳으로 부산을 찾아온 국내외 관광객들이 즐겨 찾는 곳이다.

　특히 바다에 정박한 선박들과 산 중턱까지 이어진 크고 작은 집들과 가로등이 내보내는 불빛이 장관을 이루는 부산의 야경을 볼 수 있는 곳이기도 하다. 여기에다 호젓한 산책로와 벤치들이 드문드문 자리하고 있어 연인들이 사랑의 밀어를 속삭이기에 안성맞춤이다. 남포동이나 자갈치 어디쯤에서 저녁을 먹고 달콤한 술 한 잔을 부딪친 연인들은 팔짱을 끼고 손을 맞잡고 용두산을 오른다.

　80년대 초반까지만 해도 용두산공원은 청춘남녀들이 즐겨 찾던 데이트코스였다. 숫기 없는 남자들과 수다를 떨 줄 몰랐던 왕내숭들의 데이트는 지금 기준으로 보면 아무런 맛도 멋도 없는 데이트였다. 사랑을 고백하는 방식이 서툴렀을 뿐 아니라 사랑하는 사람을 위해 무엇을 해야 하는지도 몰랐다. 뜬구름 잡는 철학적 명제와 실체가 없는 문학적 비유만이 횡행했을 뿐이었다.

예나 지금이나 사랑 표현의 훌륭한 교본은 영화의 명장면, 드라마나 소설 속의 명대사들일 것이나 그때의 교본들은 난해하고 오리무중이어서 실전에 별 도움이 되지 못했다. 거기에 비해 오늘의 교본은 얼마나 실용적이고 간단명료한가. 영화 속의 장면을 슬쩍 흉내 내어 보거나 드라마와 소설 속의 대사를 자기 것인 양 베껴 먹을 수도 있지 않은가. 요즘 성행하는 족집게 과외처럼 핵심을 짚어주고 요점정리를 해주지 않는가.

그 시절 용두산공원이 데이트 코스로 즐겨 선택되었던 건 십중팔구 얄팍한 주머니 사정 때문이었겠지만 얼굴을 마주보고 있기가 부끄럽고 쑥스러워서이기도 했다. 마주 앉지 않고 나란히 걷는 것이 차라리 다행이었다. 지금의 연인들은 마주 앉아 서로 눈만 맞추고도 몇 시간을 보낼 수 있지만 그때의 연인들은 묵묵부답 말없이 공원길을 한 바퀴 도는 것으로 데이트를 종결짓곤 했다. 그러면서도 이심전심 마음이 통해 다시없는 사랑을 이루기도 했고, 갈라서야 할 때를 분명히 알고 냉정히 등을 돌리기도 했다.

지금의 청춘남녀들은 만나고 헤어지는 일이 대수롭지 않은 일상사처럼 반복되지만 그 시절은 만나기도 어려웠고 헤어지기도 어려웠다. 미팅도 흔치 않았고 채팅도 없었다. 오롯이 혼자의 힘으로 하늘이 점지해주는 우연에 기대어 필연의 짝을 찾아야 했다. 그처럼 귀하고 오랜 기다림 끝에 얻은 사랑이었으니 그 설렘과 기대가 오죽했겠는가. 이별의 상처 또한 얼마나 깊고 쓰렸을 것인가. 지금은 세수 한 번 말끔히 하고 나면 잊힐 일이지만 그 시절의 사랑은 손 한 번 제대로 잡아보지 못한 사랑이었는데도 두고두고 가슴을 저몄다.

용두산아 용두산아 너만은 변치 말자/한 발 올려 맹세하고 두 발 딛고 언약하던/한 계단 두 계단 일백구십사 계단에/사랑 심어 다져 놓은 그 사람은 어디 가고/나만 홀로 쓸쓸히도 그 시절 못 잊어/아~ 못 잊어 운다//용두산아 용두산아 그리운 용두산아/세월 따라 변하는 게 사람들의 마음이냐/둘이서 거닐던 일백구십사 계단에/즐거웠던 그 시절은 그 어디로 가버렸나/잘 있거라 나는 간다 꽃 피던 용두산/아~용두산 엘레지

고봉산 작사 작곡 노래의 〈용두산엘레지〉의 노랫말 속 주인공들도 그렇게 사랑을 속삭이다가 사랑을 잃었다. 도심 한가운데 서서, 도심이 던지는 무수한 유혹에도 눈 하나 까딱하지 않는 용두산의 지조처럼, 우리 사랑도 영원히 변치 말자고 손가락 걸어 언약했을 것이나 헛된 약속이 되고 말았다. 일백구십사 계단을 나란히 밟아 오르며 영원히 이 길을 같이 가자고 다짐했을 것이나 물거품이 되고 말았다. 임은 도시가 내민 현란한 유혹을 따라 떠나가고 나만 홀로 쓸쓸히 용두산 계단을 내려온다.

노랫말 속의 일백구십사 계단은 사랑의 성취를 위해 딛고 가야 할

일백구십네 개의 고비였다. 크고 작은 실랑이로 토라지고 이런저런 저울질로 투정을 부려보기도 했던 파란만장한 사랑의 과정이었다. 연인들은 그 계단마다에 아름다운 사랑의 발자취를 찍으며 나아갔으리라. 가위바위보를 하며 광복동에서 용두산으로 오르는 일백구십사 계단을 올랐으리라.

한 계단 두 계단 멀어지기도 하고 다시 가까워지기도 하는 계단 위의 가위바위보는 밀고 당기는 사랑의 줄다리기였다. 살이 맞닿을 듯 가까워졌다가도 어느 순간 뒤로 물러나고, 쫓아가면 더 멀어지고, 아득히 멀어졌다고 낙심하고 있을 때 다시 처음 그 자리에 돌아와 있곤 하던 사랑의 줄다리기였다.

용두산 계단에 새로 들어선 에스컬레이터는 그런 사랑의 과정을 모두 무시하고 순식간에 청춘 남녀들을 실어 나르고 있었다. 밀고 당기는 줄다리기도 없이 나란히 손을 잡고 오르는 젊은 연인들의 뒷모습이 행복해 보이기는 했으나 너무 순조로운 동행이어서 좀 위태롭게 느껴지기도 했다.

용두산은 이제 노년의 공간이 되어버렸다. 옛 미화당백화점과의 연결 통로가 있던 70년대는 십대들의 보금자리였고, 광복동 대청동 동광동에서 연결되는 공원길에 데이트족들이 이어졌던 80년대는 이십대들의 천국이었으나, 이제 용두산은 노년의 처소가 되어 있었다. 부두에 정박한 배를 한없이 바라보는 노인들의 시선에서 흘러가버린 시간에 대한 아쉬움이 점점이 묻어났다.

한때 젊은 연인들이 앉았던 자리, 그 연인들이 가정을 꾸려 아이들

손을 잡고 앉았다 간 자리, 중장년층이 속절없이 흘러간 젊은 시절을 회상하던 자리는 그 모든 것을 떠나보내고 쓸쓸해진 노인들의 자리가 되어 있었다. 짐을 내려놓고 홀가분해지기는 했으니 뒷모습이 외로워진 노인들의 쉼터가 되어 있었다. 또 연인들이 앉았던 숲속 벤치는 갈 곳 잃은 노숙자들 차지가 되어 있었다.

그 너머 충무공 동상과 4·19민주혁명위령탑과 용탑과 꽃시계와 부산시민의 종 앞에는 깔깔대는 아이들도 없고 기념사진을 찍으라고 재촉하던 사진사도 없고 새점을 치던 할머니도 없었다. 비둘기들만이 모이를 따라 내려앉고 날아오르기를 거듭하고 있었다. 다만 공원 정상에 우뚝 선 높이 120m의 부산탑만이 용두산의 위용을 외롭게 대변하고 있었다.

근대화 과정에 부산을 찾은 외국인들은 산중턱까지 반짝이는 밤불빛을 용두산에서 내려다보며 감탄했다고 한다. 다음날 아침 그것이 빼곡히 들어선 판잣집이라는 걸 알고 실망했었다고 하는데 이제는 그 산중턱마다 반듯한 고층 아파트들이 들어서 있다. 그 시절 외국인들이 잠시 착각했던 야경은 지금 부산탑 아래에서 아름답고 활기찬 모습으로 되살아나 있다. 도로를 끼고 도는 자동차와 드문드문 켜진 높고 낮은 건물들의 반짝이는 불빛, 항구에 정박한 배와 멀리 조업 중인 어선이 밝혀놓은 집어등이 아련히 눈에 잡힌다. 노래 〈용두산엘레지〉는 그들이 용두산을 향해 부르는 애절한 사랑 노래로 들리기도 한다.

용두산의 수난사

　　용두산은 시절 따라 몇 번 이름을 바꾸어 달았다. 울창한 소나무 숲 사이로 바다가 보인다 하여 송현산(松峴山)이라 했고, 임진왜란 후 용과 같은 산세가 왜구들을 삼켜버릴 기상이라 하여 용두산이라 했다. 일제강점기에 용두산 신사를 세우고 공원으로 조성되었다. 6·25전쟁 직후에는 피난민들이 산꼭대기까지 판자촌을 짓고 살았으며, 두 차례에 걸친 피난민촌의 대화재로 울창한 숲이 민둥산이 되기도 했다. 자유당 시절 이승만 대통령의 80회 생일을 기념하기 위해 그의 호를 따 우남공원(雩南公園)으로 이름을 바꾸고 대대적인 녹화사업이 진행되었다. 4·19혁명 이후 용두산이라는 이름을 되찾게 되었는데 용두산의 이런 수난사는 한반도의 관문이며 도시 중심부에 위치한 지리적 여건 때문에 당한 유명세이기도 할 것이다.

동백꽃, 붉고 시린 눈물

막다른 골목에서 다시 힘이 솟는다

    6, 70년대 산업화 바람을 타고 이주해온 사람들 다수가 처음 이삿짐을 부린 범일동은 내 기억 속에서 항상 시끌벅적하고 질펀하다. 넓은 공터에 서부시외버스터미널이 있었고 그것을 중심으로 부산진, 평화, 자유, 중앙시장 같은 재래시장이 있었다. 또 공터 곳곳에는 차력사를 둔 엉터리 약장수들과 야바위꾼들이 있었다. 넋이 빠져 그것들을 구경하고 있을라치면 예외 없이 "애들은 가라, 애들은 가." 하는 불호령이 떨어지곤 했다.

    번듯한 승강장도, 정확한 운행시간표도, 엉덩이를 내려놓을 대합실도 없었던 시외버스터미널은 그 자체가 하나의 거대한 난전이었다. 차는 두서없이 군중들 사이를 비집고 드나들었으며 사람들은 한데 뒤섞여 누가 떠나는 자이고 누가 돌아오는 자인지, 누가 파는 자이고 누가 사는 자인지 쉽게 분간할 수 없었다. 도저히 한 차에 다 태울 수 없을 것 같던 승객들을 다부지게 밀어 넣고 차장이 '오라이'를 외치면 차는 개문발차로 슬금슬금 그 난장을 빠져나가곤 했다.

그렇게 범일동을 오가며 또 한 살을 먹고 우리는 어른이 되어갔다. 추석이나 설날을 전후해 범일동 주위를 어슬렁거리며 돌아다니는 일은 아버지 어머니의 고향에서 세뱃돈을 받고 맛난 음식을 먹는 것만큼이나 신나는 일이었다. 범일동의 잡다한 공간 안으로 한걸음씩 다가서며 우리는 성큼성큼 어른에 가까워졌다.

스무 살 전후의 성장통 역시 이 범일동에서 앓았다. 삼성 삼일 보림극장 등에서 영화를 보며 아무에게서도 학습 받지 못한 성교육의 세례를 받았다. 껄렁한 아이들과 인근 고무공장 소녀들이 있었으며, 보림극장 앞의 포장마차촌과 뒤편 시장 골목, 철길 구름다리 입구 주점에서 술을 배웠다. 통행금지가 없었다면 우리는 좀 더 빨리 어른이 되고 사랑에 눈을 떴을 것이다.

노동청 산하 구직센터와 새벽 인력시장 등에서 일자리를 얻지 못한 사람들과 이렇다 할 호구지책을 강구하지 않는 젊은 룸펜들로 범일동은 붐볐고, 저녁이면 인근의 공장 근로자들이 합세했다. 단칸방 신세를 면치 못했던 그 시절, 집으로 돌아가 봐야 찬밥 신세였던 사람들에게 보림 삼성 삼일극장 같은 영화관들은 약간의 입장료로 종일을 보낼 수 있는 좋은 휴식처였다.

범일동은 알고 있다. 자신의 생을 떠받칠 아무런 밑천도 배경도 없이 건강한 사지육신 하나에 모든 걸 의지해 무작정 도시로 나왔던 산업화 1세대들의 팍팍한 인생 유전을. 범일동은 알고 있다. 시외버스 주차장이 옮겨가고, 약장수와 야바위꾼들이 물러가고, 재래시장과 행상들이 현대화된 상가로 들어가고, 그 자리에 반듯한 고층건물이

들어서긴 했으나, 빌딩 뒤편에는 아직 낡은 집들과 좁고 구부러진 골목들과 허름한 차림의 사람들이 있다는 것을. 중고전자상가와 허름한 밥집과 2본동시상영관이 아직 그 자리를 지키고 있다는 것을.

그런 범일동의 세목들을 김희진 감독의 영화 〈범일동블루스〉가 따라가고 있다. 영화의 진행은 줄거리보다 범일동의 풍경을 하나도 빼놓지 않고 담으려는 듯 종종걸음으로 내달리는 카메라의 동선으로 분주하다. 비오는 철길과, 철길 위의 구름다리와, 중고텔레비전 가게와, 보림극장과, 부산진시장 계단과, 낙지골목과, 중앙병원 인근 거리와, 아래로는 화분이, 위로는 속옷이 줄을 선 골목들이 쉴 새 없이 나타났다가 사라졌다. 저예산 독립영화로 만들어진 〈범일동블루스〉는 이야기에는 도통 관심도 없다는 듯 시종일관 범일동의 감춰진 풍경을 들추어내는 데 전력을 다한다.

이야기는 시간을 거슬러 올라가며 단편적으로 진행된다. 대사는 아주 짧아서 관객들이 이야기의 얼개를 따라잡기가 힘들 정도다. 감독의 의중은, 이 영화의 서사구조인 친구의 의리와 남녀의 사랑을 엮어내는 데 있지 않고 범일동이 지닌 공간적 진가를 드러내는 데 있는 듯하다. 환생, 죽음, 액션 등 영화의 진행에 따라 화면에 가득했던 글자들이 하나 둘 지워지고 인간의 시간 역시 그처럼 조금씩 소멸해간다. 그렇게 지워지는 시간 앞에서도 굳건히 제 자리를 지키는 것이 범일동이라는 공간적 실체다. 시간은 끝없이 흘러가며 소멸해가지만 공간은 오랫동안 뿌리 박혀 구체적 형상을 구축한다. 그럼 이쯤에서 영화 〈범일동블루스〉를 보고 쓴 것으로 보이는 손택수 시인의 시

〈범일동블루스〉를 읽어 보자.

1

방문을 담벼락으로 삼고 산다. 애 패는 소리나 코고는 소리, 지지
고 볶는 싸움질 소리가 기묘한 실내악을 이루며 새어나오기도 한다.
헝겊 하나로 간신히 중요한 데만 대충 가리고 있는 사람 같다. 샷시
문과 샷시문을 잇대어 난 골목길. 하청의 하청을 받은 가내수공업과
들여놓지 못한 세간들이 맨살을 드러내고, 간밤의 이불들이 걸어나
와 이를 잡듯 눅눅한 습기를 톡, 톡, 터뜨리고 있다. 지난밤의 한숨과
근심까지를 끄집어내 까실까실하게 말려주고 있다.

2

간혹 구질구질한 방안을 정원으로 알고 꽃이 피면 골목길에 퍼뜩
내다놓을 줄도 안다. 삶이 막다른 골목길 아닌 적이 어디 있었던가,
자랑삼아 화분을 내다놓고 이웃사촌한 햇살과 바람을 불러오기도
한다. 입심 좋은 그 햇살과 바람, 집집마다 소문을 퍼뜨리며 돌아다
니느라 시끌벅적한 꽃향, 꽃향이 내는 골목길.

3

코가 깨지고 뒤축이 닳을 대로 닳아서 돌아오는 신발들, 비좁은
집에 들지 못하고 밖에서 노독을 푼다. 그 신발만 세어봐도 어느 집
에 누가 아직 돌아오지 않았는지, 어느 집에 자고가는 손님이 들었
고, 그 집 아들은 또 어디에서 쑥스런 잠을 청하고 있는지 빤히 알아
맞힐 수 있다. 비라도 내리면 자다가도 신발을 들이느라 샷시문 여

는 소리가 줄줄이 이어진다. 자다 깬 집들은 낮은 처마 아래 빗발을 치고 숨소리를 낮춘 채 부시럭부시럭거린다. 그 은근한 소리, 빗소리가 눈치껏 가려주고 간다.

4

　마당 한 평 현관 하나 없이 맨몸으로 길을 만든 집들. 그 집들 부끄러울까봐 유난히 좁다란 골목길. 방문을 담벼락으로 삼았으니, 여기서 벽은 누구나 쉽게 열고 닫을 수가 있다 할까, 나는 감히 말할 수가 없다. 다만 한바탕 울고 난 뒤엔 다시 힘이 솟듯, 상다리 성치 않은 밥상 위엔 뜨건 된장국이 오를 것이고, 새새끼들처럼 종알대는 아이들의 노래소리 또한 끊임없이 장단을 맞춰 흘러나올 것이다. 젖꼭지처럼 붉게 튀어나온 너의 집 초인종 벨을 누르러 가는 나의 시간도 변함없이 구불구불하게 이어질 것이다.

　곤궁하지만 오히려 그 곤궁이 한바탕 신명을 불러내는 추임새가 되고 있다. 골목에 다닥다닥 붙은 집들은 방문이 곧 담벼락이다. 숨기고 포장할 여지가 없다. 맨살과 속살을 가감 없이 드러낸 채 햇볕을 쬐고 있다. 삶은 나날이 막다른 길이지만 그 막다른 길에 시끌벅적한 꽃향을 퍼트린다. 하루의 노독을 길에서 푸는 신발들, 맨몸으로 길을 만든 집들이 한바탕 울고 난 뒤처럼 다시 불끈 힘이 솟는다.

　범일동을 사이에 두고 마주선 영화와 시의 거리가 그다지 멀어 보이지 않는다. 시와 영화의 촌수는 이처럼 처음부터 가까웠다. 이미지와 메시지를 동시에 전달하고자 한다는 것, 그러면서도 메시지 보다 이미지가 우선이라는 점, 결국 남는 것은 복잡하게 얽힌 이야기 보다 선명하게 가슴에 박히는 한 마디 대사, 한 컷의 장면이라는 점이다.

지상에서 가장 높은 거처

　산복도로는 지상의 길이지만 지상이 아닌 허공을 달린다. 길은 하늘에도 있고 바다에도 있지만 지상의 길은 층층으로 겹을 이루고 있다. 지하와 평지와 고가와 산복으로 뚫려 있다. 그 길들은 제각기 따로 떨어져 있지 않고 언젠가는 다시 만난다. 올라갔던 길은 내려오고 내려왔던 길은 다시 올라간다.

　하늘의 정점에 창공이 있고 바다 저 아래 심해가 있으나 길들의 높낮이는 우열이 없다. 시작과 끝이 없다. 높이 올랐다고 으스댈 즈음이 곧 하강의 지점이고 캄캄한 나락이라고 여겨진 순간이 곧 상승의 지점이다. 평지의 순탄한 평화에 젖어 있을 무렵 길은 여지없이 하강하거나 상승한다.

　부산은 이 층층의 길들을 모두 얼싸안고 있다. 하늘길 바닷길은 물론이고 지하와 지상과 고가와 산복도로를 함께 거느리고 있다. 기질역시 여러 갈래다. 부산의 기질을 탁 트인 해양성만으로 가늠하는 것은 충분치가 않은 듯하다. 대범하고 활기찬 바다의 기운 못지않게 세심하고 내면적인 내륙의 기운 또한 병존한다. 또 그 상반된 두 기운이 섞여 만들어내는 미묘한 성향이 혼재한다.

산복도로는 부산이 만든 길 중 가장 높이 위치한 길이다. 위치로는 높은 길이지만 경제 가치로는 낮은 길이다. 낮은 길이어서 가장 나중의 길인 듯하지만 가장 처음의 길이다. 5, 60년대 부산에 정착한 사람들이 가장 먼저 둥지를 틀었던 처음의 길이다. 고향산천 일가붙이를 떠나 빈손으로 배수진을 친 곳이다. 그런 점에서 산복도로는 가장 막다른 길이다. 더 이상 선택의 여지가 없었던 가장 나중의 길이다.

그런 산복도로는 높지도 낮지도 않은 중심에 있다. 산의 복부, 산의 허리, 산의 중간을 관통하는 도로다. 이쪽저쪽 위아래에 사람들의 마을을 옆구리에 끼고 있다. 오늘의 부산을 땀 흘려 일군 주역들이 살고 있다. 돈 모아 일찌감치 저 아래 동네로 내려간 사람도 있고, 산동네 달동네의 인정이 좋아, 저 아래 탁 트인 넓은 시야가 좋아, 그대로 눌러 사는 사람도 있다. 어서 부지런히 돈 모아 반듯한 제 집을 가지려고 땀 흘려 가파른 비탈길을 오르내리는 사람들이 있다.

좌판 위에서 종일토록/가랑비를 맞고 있다/내장에까지 젖는 빗소리/맨살에 닿는다/매서운 눈 꼬리를 치켜뜨고/산을 넘고 넘어서/사람들은 그냥 지나가 버리고/일어설 수 없는 비늘/터지면서 부러지면서/끝끝내 까무라친다//껍질 벗긴 꼼장어가 맨살로 엉겨/꼬무작거리고 있다/좌판 위에서 최후까지/목이 쉬어 남아 있는 바다/천천히 토해내면서/이글이글 불타고 있다/여름 햇살/붉은 팔뚝으로 남

정네들이 떠나간 바다/떠나서 돌아오지 않는 바다를/큰물로 앉아 꿈틀거린다

—강영환 시 「산복도로 10-생선장수」

좌판 위에 내리는 가랑비는 산복도로 사람들의 순탄치 않은 세월처럼 추적추적 내린다. '내장에까지 젖는 빗소리'는 혹독한 삶의 시련과 매정하게 지나치는 사람들의 차가운 시선이다. 터지고 부러지고 까무러치는 비늘은 좌절하는 산복도로의 일상이다.

그러나 산복도로는 새벽마다 다시 깨어나고 있다. 껍질 벗겨진 꼼장어들이 맨살로 엉겨 꼬무작거리며 살아나듯이. 좌판 위에서 최후까지 목이 쉬어 이글이글 불타고 있다. 산복도로 주민으로 첫 시집부터 지금까지 30여 편의 산복도로 연작시를 써온 시인 강영환의 산복도로 순례는 이렇게 진행 중에 있다.

산복도로의 근육은 단단하다. 구비치는 2차선으로 부산의 허리를 질끈 동여매고 달린다. 산복도로는 부지런했으나 가난했다. 가난했지만 쉽게 낙담하지 않았다. 무슨 술수를 부리지도 않았고 널뛰기를 해 공과를 부풀리지도 않았다. 저 아래 평지의 삶을 부러워하지도 않았다. 아픈 허리를 곧추세우며 이마에 흐르는 땀을 닦으며 저 아래 평지를 아우르며 살았다. 산복도로의 그런 넓은 아우름은 무동을 타고 바라보는 세상과 같다. 산복도로에 산다는 것은 아래의 시처럼 무동을 탄 높고 넓은 시야를 가진다는 것이다.

무동을 타고 아이야/바다를 보아라/네 눈의 높이까지 바다를 이끌고/바다 속 깊이까지 속속들이/제방을 타고 넘는 속마음을/무동을 타고 아이야/우리들이 지닌 수족으로 갈 수 없는/수면 위로 명멸하는 금은의 나라/지켜 선 등대/담 너머에서는 무엇이 이루어지는 가를/꿀 먹은 눈으로 손짓해/키 작은 아이에게 일러주며/무동을 타고 아이야

—강영환 시 「산복도로 4-明童이」

산복도로에는 권영술 그림 〈달동네〉에서 보듯이 위아래 이쪽저쪽으로 포개어져 살 부비는 삶이 있다. 달은 해처럼 떴다 지는 것이 아니라 언제나 그 자리에 있다. 다만 태양이 잘 지나가도록 잠시 고개를 숙였을 뿐이다. 달은 태양처럼 으스대지도 않고 어둠과 그늘을 밀어내지도 않는다. 묵묵히 제 자리에서 그 빛과 기운만으로 은은하다.

달동네 사람들은 달의 부름을 받고 일어나 이제 막 떠오르고자 하는 해를 지상으로 등짐 져 나르는 사람들이다. 산동네 사람들은 그렇게 쏘아올린 해를 저녁이면 다시 공손히 받들어 등짐 지고 돌아온다. 산복도로에는 그 일을 수행하는 달동네 사람들이 산다. 권영술의 그림 속에 그들의 집이 있다. 그림 속에서 아른아른 피어오르는 훈김과 구수한 된장국 냄새를 맡았다.

그 처소는 궁색할 수는 있으나 옹기종기 붙어사는 살가움이 있다. 불편할 수는 있으나 불안하지는 않다. 남루할 수는 있으나 걸릴 것 없는 자유가 있다. 달동네와 산복도로는 두둑한 배짱이 있다. 씩씩하

권영술, 〈달동네〉, 캔버스에 유채, 117×91, 1986

다. 걸걸하다. 달의 부탁을 받아 해를 운반하고 있는 신성한 과업이 있다. 달은 그렇게 하루 일과를 마치고 오르막길을 올라오는 사람들을 따스하게 비추고 있다.

알전등 하나를 나누어 쓰던 곳

세 살배기 젖먹이로 부모님을 따라 부산에 왔던 나는 이 달동네에 정착해 몇 년을 살았다. 우리 식구는 변변한 밥상 하나 없이 방바닥에 밥과 찬을 펼쳐 놓고 밥을 먹었는데 그것을 보다 못한 주인집에서 헌 밥상을 하나 주었다. 우리가 세 얻어 살던 방은 주인집 방을 둘로 쪼갠 것이었는데 전기요금 절약을 위해 중간에 구멍을 내 백열등 하나를 같이 썼다. 그 탓에 작은 기침소리 하나도 예사로 넘나들었는데 내가 울음을 터뜨리기라도 하면 어머니는 밤낮 할 것 없이 나를 들쳐 업고 골목 나들이를 해야 했다. 한겨울에는 그렇게 나를 들쳐 업고 저 아래 공동수도까지 물을 길러 갔다. 산복도로는 산이 많은 부산 곳곳에 존재하지만 그 대표적인 것이 서구와 중 동구를 잇는 망양로다.

뜨거운 한여름밤의 사랑

　여름바다는 뜨겁고 힘찬 두 소재의 묶음이다. 여름은 이글거리는 태양이 지상을 향해 쉴 새 없이 열 폭탄을 퍼붓는 계절이고, 바다는 조금도 지치지 않고 그 열기를 받아들여 냉각시키는 재주를 갖고 있다. 그 둘의 역할은 상반되지만 그들이 가 닿고자 하는 정점은 동일하게 충만한 상층부다. 여름은 가장 뜨거운 지점을 향해 모든 재료를 동원하고, 바다는 가장 차가운 지점을 향해 가지고 온 모든 힘을 발산한다. 그에 견주어 겨울과 강은 바닥에 이르고자 하는 낮고 낮은 침잠으로 어울린 두 소재들이다.

　다시 여름이 왔고 바다는 서늘한 파도소리로 철썩인다. 여름의 작열하는 태양은 거추장스러운 허울을 벗고 어서 벌거숭이가 되라고 종용하고, 바다는 모든 빗장을 풀어헤친 채 그 벌거숭이들을 받아들인다. 여름과 바다는 우리를 발가벗기기 위해 의기투합한 공범들이다. 여름이 그 단서를 제공했고 바다가 그 일탈을 마무리 지었다. 여름바다는 뜨거워서 더는 견딜 수 없게 된 내륙의 체온을 그렇게 식혀낸다.

뜨거운 것으로 치자면 이제 막 사랑의 새순을 틔워 올린 청춘남녀들도 그에 버금간다. 그들은 무엇에 덴 것처럼, 가슴에서 어깨로 번지기 시작한 불덩이를 지고 바다로 돌진해 들어간다. 멀리서 가까이서 불을 안고 으아아아, 함성을 지르며 달려온 그들이 옷을 벗어던지며 첨벙 바다 속으로 뛰어들 때 지지직, 하고 그들이 떠메고 온 불덩이가 꺼지는 소리가 들린다.

국내 최고의 해수욕장인 해운대의 여름은 그러니까 전국의 내로라하는 불덩어리들의 집합소가 된다. 국내는 물론 멀리 다른 나라의 불덩어리들까지 합세해 해운대의 여름은 뜨거운 기운으로 충만하다. 겉옷을 벗어던진 그들의 알몸은 잘 달구어진 화로처럼 반들거리고 바닷물에 몇 차례 담금질을 해 더욱 단단해져 있다.

이렇게 넘치는 청춘의 열기는 하루 낮 연정을 만들고 하룻밤 풋사랑을 낳는다. 그 사랑은 오뉴월 땡볕처럼 맹렬하게 타오르고 또 그만큼 금방 사위어간다. 기다림과 갈증으로 애가 탄 장작개비처럼 사랑의 불씨가 점화된 여름의 풋사랑은 금방 불붙고 이내 그 불씨를 소진한다. 여름의 사랑은 맹렬하고 화끈하지만 그래서 덧없고 허망하다.

언제까지나 언제까지나 헤어지지 말자고/맹세를 하고 다짐을 하던 너와 내가 아니냐/세월이 가고 너도 또 가도 나만 혼자 외로이/그때 그 시절 그리운 시절 못 잊어 내가 운다//백사장에서 동백섬에서 속삭이던 그 말이/오고 또 가는 바닷물 타고 들려오네 지금도/이제는 다시 두 번 또 다시 만날 길이 없다면/못난 미련을 던져 버리자

저 바다 멀리 멀리//울던 물새도 어디로 가고 조각달도 기울고/바다 마저도 잠이 들었나 밤이 깊은 해운대/나도 가련다 떠나가련다 아픈 마음 안고서/정든 백사장 정든 동백섬 안녕히 잘 있거라

  한산도 작사, 백영호 작곡, 손인호 노래의 〈해운대엘레지〉는 떠나간 사랑을 못 잊어 불러 보는 노래다. 엘레지는 슬프고 비감한 사랑노래다. 먼 바다 수평선을 바라보며 맺은 그날의 언약은 뜨거웠으나 그것을 지켜본 물새와 조각달은 어디로 숨어버리고 없다. 그 날의 사랑을 증명해줄 유일한 목격자인 바다만 유일하게 그 자리를 지키고 있으나 깊은 잠에 빠진 듯 말이 없다. 은빛 모래사장에 남겼던 발자국들은 뒤를 이어 지나간 다른 사랑의 발자국에 묻혀버렸다.
  그 사랑의 불씨가 언제 지펴졌는지 분명하지는 않으나 여름일 확률이 높다. 넘실대는 파도와 은빛 모래사장이 길게 이어진 해운대해수욕장을 배경으로 사랑은 싹트고 무르익었을 것이나 이제 물거품이 되었다. 한여름 휴가철의 백사장은 발 디딜 틈도 없이 사람들로 빼곡하고 목마른 선남선녀들의 사랑은 봄의 설렘과 가을의 우수와 겨울의 고독을 뛰어넘어 합일에 이른다. 팽팽한 사랑의 줄다리기는 백사장에서 끝나지 않아 그 너머 동백섬까지 이어졌으리라. 그 중 몇은 행복한 결실에 이르고, 그 중 몇은 후일을 기약하고, 그 중 몇은 아픈 상처만을 남긴 채 서로 등을 돌렸으리라.
  〈해운대엘레지〉는 반세기 동안 많은 이의 사랑을 받으면서 고봉산 조용필 등 여러 가수가 다시 부른 노래다. 그것은 해운대 바다가

맺어준 사랑이, 또 그 이별이, 50년이 되도록 이어지고 있다는 반증이다. 그리고 하룻밤 풋사랑일지언정 해운대 백사장에서 어떤 잊지 못할 사랑을 경험하고자 하는 열망이 반세기 동안 이어져오고 있다는 반증이다.

그런 모종의 욕망과 갈구를 부추기며 〈해운대엘레지〉의 노래 가락은 이별의 정한을 가득 머금으며 애잔하게 울려 퍼지고, 노랫말은 사랑을 다 이루지 못하고 쓸쓸히 돌아서는 실연의 아픔을 가만히 어루만지며 이어진다. 그 실연의 주인공이 여자일까 남자일까? 남자 가수가 부른 노래여서 그렇기도 하겠지만 그 실연의 주인공은 남자일 것 같다. 애절하지만 간드러지지 않고 묵직하게 진행되는 가락이나 못난 미련을 파도에 던지며 작별을 고하는 모습에서 사나이의 심사가 느껴진다. 그것은 또 부산의 사랑법과도 일맥상통한다. 사랑의 촉발은 그 어느 곳보다 뜨겁지만 부산의 이별은 구차하고 지지부진하지 않다. 〈해운대엘레지〉는 그런 사랑의 맺고 끊음이 분명하다.

해운대 백사장이 가교 역할을 한 그런 청춘남녀의 사랑은 이별만을 낳지는 않았다. 어쩌면 그보다 더 많은 연인들이 한여름밤의 속삭임을 불장난으로 끝내지 않고 행복한 결실로 이어갔을 것이다. 신혼여행지로 다시 찾아온 해운대백사장에서 그들은 한때의 달콤했던 추억을 반추하기도 했으리라. 그런 완전한 만남을 꿈꾸는 젊은이들이 지금도 해운대백사장에서 만나 사랑의 밀어를 속삭이고 있다.

해운대 바다는 그렇게 왔다 간 여름 피서객뿐 아니라 저 멀리 이역만리를 넘어온 뱃고동과 철새와 파도를 맞이하고 보내는 곳이기도 하다. 〈해운대엘레지〉는 한 번 가서 좀처럼 돌아오지 않는 그들을 그리워하며 부르는 사랑의 엘레지이기도 하다. 언제 다시 올지 모르는 그들을 기다리며 철썩대는 파도와 반짝이는 모래알들의 한숨이기도 할 것이다.

얼굴 없는 가수의 노래비

〈해운대엘레지〉의 가수 손인호는 1954년 박시춘 곡 〈나는 울었네〉로 가요계에 데뷔해 〈한많은 대동강〉〈비 내리는 호남선〉〈짝사랑〉 등 많은 히트곡을 내며 130여 곡의 가요를 취입한 가수다. 그리고 한국 영화녹음계의 산증인으로 대종상, 청룡상, 아시아녹음상 등을 수상하기도 한 영화녹음기사이기도 하다. 그런 그는 본업에 충실하느라 그랬는지 다수의 히트곡을 내고도 일반 무대에는 전혀 얼굴을 내보이지 않았다. 그렇게 음반으로만 가수활동을 해온 그를 '얼굴 없는 가수' 라 부르기도 했다. 2001년 6월 KBS 가요무대 특집방송 〈얼굴 없는 가수 손인호 편〉에 가수인 아들 손동준과 함께 출연해 〈울어라 기타줄〉〈청춘 등대〉 등을 열창하며 처음으로 팬들 앞에 얼굴을 선보였다는 기록이 있다. 해운대해수욕장 한편에 〈해운대엘레지〉 노래비가 있는데 이는 지난 2000년 해운대구청이 주민들을 대상으로 해운대를 가장 잘 나타낸 노래를 공모한 결과 이 노래가 선정되어 세워진 것이다.

한많은 어머니의 끝없는 잔소리

어머니는 모든 생명의 근원이다. 잉태하고 양육하는 모성이 없었다면 자연과 사물을 비롯한 삼라만상은 이처럼 번성하지 못했을 것이다. 어머니의 끊임없는 생산 본능이 폐허의 땅에 다시 꽃을 피우게 했고, 그것들을 거두어 키우려는 노력이 멸종의 가속도를 늦추게 했다. 지금 진행되고 있는 생태운동을 비롯해 만들고 보급하는 산업 행위의 동력 또한 인간의 내면 깊숙이 자리한 모성의 발로였다.

어머니는 하나의 광활한 세계였다. 모든 것에 대한 이해와 용서를 동반한 채 지칠 줄 모르는 사랑을 묵묵히 실천해온 세계였다. 식구들을 먼저 먹이고 입히느라 자신의 몫은 언제나 나중이었으며 가장 볼품없었다. 그런 어머니의 이야기를 우리는 전설로서가 아니라 개개인의 성장기 체험으로 공유하고 있다. 그 기억들은 두고두고 애틋하면서도 뭉클하게 가슴을 저민다. 인간의 삶이 막바지에 이르러 선을 회복하게 되는 것도 이 기억의 힘 때문이다.

그런데 최근 들어 그 믿음이 조금씩 허물어지고 있다. 이제 인간은 선으로 귀납되지 않고 악으로 점철된 생을 마감할 수도 있다는 것을 여실히 보여주고 있다. 인면수심의 가공할 사건들을 다반사로 접하고 있고 그 가해자들의 대다수에게서 진정한 뉘우침을 읽을 수 없게 되었다. 영화 〈공공의 적〉에서 어머니는 자식의 칼에 찔려 죽어가면서도 실인 증거를 남기지 않기 위해 아들의 토막 난 손톱을 삼킨다. 어머니는 죽어가면서도 아들의 죄를 묻지 않고 그렇게밖에 자식을 키우지 못한 자신을 원망했을 것이다. 그것이 어머니다.

이런 추세라면 이제 머지않아 진정한 어머니도 없을 것이며 진정한 자식 또한 없을 것이다. 오늘 우리가 당면하고 있는 위기는 이런 모성의 쇠퇴, 모성의 왜곡에도 한 원인이 있다. 어머니는 그렇게 죽어가고 있다.

그렇다고는 해도, 가장 나중까지 남을 어머니는 경상도의 어머니가 아닐까 하는 생각이 든다. 경상도의 어머니는 그 어느 어머니들보다 질기고 억세어 그 모성이 쉽게 약화되거나 도태되지 않을 것 같다. 지칠 줄 모르는 사랑은 간섭이 되고 억압이 되고 끝내는 어서 탈출해야 할 족쇄가 되기도 한다. 어머니는 고향과도 같은 곳이어서 언젠가는 돌아가야 할 따스한 품이지만 그 전근대성 때문에 어서 벗어나고픈 감옥으로 여겨지기도 한다.

자식에 대한 어머니의 기억들은 대체로 기저귀를 갈아주던 유년기에 맞추어져 있거나 도시락을 챙겨주던 학창시절에 멈추어 있다. 어머니의 잔소리는 그래서 돌아가실 때까지 계속되는 것인데 경상도 어머니의 잔소리 역시 팔도 어느 어머니들 못지않게 지독하고 끈질

기다. 이윤택 희곡 〈어머니〉가 그것을 적나라하게 보여주고 있다.

인간은 어머니로부터 말을 배우고 그 말에 깃들어 있는 기질과 세계관을 배운다. 경상도의 어머니를 둔 부산 사람들은 어머니를 통해 경상도 사투리의 억양과 가락을 익혔고 어머니 말씀의 90퍼센트를 구성했던 잔소리에 진절머리를 내며 철이 들었다. 그리고 그것으로부터 도망가려고 몸부림치는 사이 어른이 되었다.

부산 어머니들의 역사는 우리나라 근대화의 역사였다. 보릿고개 농촌의 밥 한 그릇이라도 덜기 위해 무작정 부산으로 왔고 섬유공장 신발공장을 전전했고 버스차장 식모를 하며 동생들을 공부시켰다. 그리고 시집가서 아내가 되었고 어머니가 되었다. 결혼 후에도 살림만 하고 있을 형편이 아니어서 아이를 들쳐 업고 시댁 식구들을 봉양하며 공장 일로 행상으로 가내 부업으로 갖은 허드렛일을 다했다. 몸뻬와 월남치마가 유일한 패션이었고 파마머리와 동동구리모가 유일한 치장이었다. 지금의 맞벌이와는 좀 다른 생계형 맞벌이의 원조였다. 이윤택 연극 〈어머니〉의 얼개 역시 이런 어머니의 역사와 크게 멀지 않다.

극중의 어머니는 글을 배우고 싶었지만 '계집년이 글 배워 뭐에 쓰냐'는 어른들 때문에 문맹이 될 수밖에 없었다. 동네 총각을 사랑했지만 부모님이 시키는 대로 엉뚱한 남자에게 팔려가듯 시집갔다. 기생 출신인 별난 시어머니를 만난 탓에 고된 시집살이에 시달렸고 남편의 바람기 때문에 마음고생을 겪고 6·25전쟁 통에 아들을 잃었다. 까막눈이었던 어머니는 마침내 손주에게서 한글을 깨우치고 자신의 이름 '황일순' 석 자를 유리창에 쓰며 죽은 남편을 따라 저승으로 간다.

그럼 여기서 잠깐 극중 어머니의 잔소리 몇 토막을 들어 보기로 하자. 부산에 정착하기까지의 한 많은 세월이 그 넋두리마다에 절절이 녹아 있다.

"에라, 이 빌어묵을 놈아. 니는 배 안 곯아 봐서 모른다. 나는 배고플 때가 제일 싫더라. 밥 묵고 사는 거 고거 제일루 행복이에요."

"하늘은 높아도 기러기 날고 부산항 부두엔 배들도 많다. 경상도 부산포 살기는 좋아도 쪽바리 등쌀에 못살겠네. 석탄 백탄 타는데 연기만 펑펑 나구요. 요 내 가슴 타는데 연기도 김도 안 나네."

"청진항에 살자 허나 왜놈 등쌀에 못살겠고 부산포에 살자 허나 고리채 등쌀에 못살겠네~ 그래, 대전원 소전원으로 떠돌면서 동냥질하고 조선 사람들 모여 산다는 니이카타에 가서는 연탄공장서 일하다가 또 오사까로 가서 오사까 뒷골목에서 좀 놀았단다, 니 할애비가."

"우리 시어무이가 원래 권번 출신이다 아이가. 순천서 일번으로 나가던 기생인데 왜놈들 등쌀에 그만 치와 불고 부산 와서 초량 명태고방 옆에서 밥집 차리고 살았단다. 고 밥집 가마솥이 얼매나 큰

지 장정 백 인이 먹어도 남고 물 백 동이 퍼 담아도 다 안 차더란다. 거기서 우리 시아부지 만났다 아이가. 황소 뿔 잡아 빼고 왜정 주재소 박살내고도 총알받이 안 된 우리 시아부지! 아이고 경상도 장사하고 전라도 기생 출신이 만났으이 이거는 뭐 사주관상 궁합이 뭐 필요 있겠나. 그냥 첫눈에 입 맞추고 다음날에 배 맞추고 열 달 만에 아들 퍼질러놓고 그래 살았다 안 카나."

희곡 〈어머니〉의 창작 노트에서 이윤택은 자신의 어머니가 작품의 모델이 되었음을 밝히면서 '바람 같은 아버지의 끝없는 가출과 유랑, 혼자 집을 지키며 자식을 키웠던 무지렁뱅이 인생의 푸념'과 같은 어머니의 잔소리를 녹음하는 사전 작업이 있었다고 밝히고 있다. 부산을 일군 뭇 어머니들의 한많은 세월이 그 속에 있다.

〈어머니〉와 〈오구〉

부산에서 나고 자란 이윤택의 작업 영역은 시 문학평론 소설 극작 연극연출 영화감독 등 실로 다방면에 걸쳐 열려 있다. 〈어머니〉 희곡은 〈손숙의 어머니〉로 무대에 올려져 또 다른 연극 〈강부자의 오구〉와 함께 장기 공연되고 있다. 연극 〈오구〉는 영화 〈오구〉로 개봉되어 장면의 일부를 부산에서 촬영하기도 했다. 두 작품은 어머니를 중심으로 한 이야기라는 점에서 닮았다. 혼령이 등장하고 굿판이 벌어지며 꿈과 현실을 오가는 형식도 비슷하다. 차이점은 〈어머니〉는 일상극이고 〈오구〉는 전통극의 구조를 지니고 있다는 점이다. 이윤택 연극의 모델이 되었던 어머니는 문광부가 주는 〈예술가의 장한 어머니상〉을 받기도 했는데 몇 년 전 돌아가셨다. 그 장례식이 밀양연극촌에서 마치 연극의 한 장면처럼 축제처럼 치러지기도 했다.

속 깊은 가족의 정

다른 사람과의 대화에서 습관적으로 쓰고 있는 대명사 '우리'는 말하는 이와 듣는 이를 하나로 묶어주는 정겨운 울타리다. 우리 나라, 우리 동네, 우리 학교와 같이 적합한 용도로 쓰일 때도 있고, 우리 마누라, 우리 남편과 같이 고개가 갸웃거려지는 경우도 있다. 그렇지만 형은 때에 따라 얼마든지 공동소유가 될 가능성이 높아서 '우리 형'이라는 말은 하나도 어색하지 않다. 친구 따라 드나들며 알게 된 형을 친구보다 더 가깝게 사귀게 된 경우가 적지 않다. 형의 너른 품새는 언니와 누나보다 넓은 것이어서 혈연으로 연결된 아우들만을 품지 않고 세상의 철없는 아우들을 모두 품는다. 말 그대로 '우리 형'이다.

그렇지만 일대일로 엮이는 나의 형일 경우, 형제는 꼭 호의적인 동반자 관계만을 유지하지는 않는다. 피를 나눈 형제애는 일생 동안 가지고 가는 것이지만, 때에 따라 오히려 형제이기 때문에 크고 작은 경쟁과 시샘을 유발하는 갈등 관계에 놓인다. 그런 면에서 형제는 동일한 유전자를 나누어 가진 필연의 라이벌이며 갖가지 콤플렉스를 야기하는 영원한 경쟁자가 되기도 한다.

김해에서 첫 촬영을 시작해 부산과 그 인근에서 영화의 전 과정이 촬영된 안권태 감독의 2004년 데뷔작 〈우리 형〉은 그런 형제간의 미묘한 감정이 잘 드러난 영화다. 부산 동성고와 전자공고, 동해남부선 좌천역 등이 주요 장면으로 등장하고 있으며 모든 대사가 부산 사투리로 되어 있다. 그래서 더욱 이 영화 속의 형제 이야기는 부산이 관습적으로 유지해온 형제애의 한 유형에 근접하고 있다.

부산의 형제애를 다른 지역의 것과 구분해서 이야기하는 것은 여러 가지 오류를 범할 위험이 있다. 형제간의 사랑과 희생은 인간이 유지해온 보편적인 정서로 경우에 따른 경중은 있을 수 있으나 지역에 따른 경중은 있을 수 없다. 형제간의 우애는 동서고금을 막론하고 깊고 두터울 것이나 그 표현방법의 특질은 조금씩 다를 수 있을 것이다.

부산의 애정 표현도 그러하다. 다른 지역 사람이 들으면 잔뜩 심사가 뒤틀리고 심술이 난 듯 때때거리지만, 그래서 곧 무슨 사단이 나고 자리를 뒤엎을 것 같지만, 이어지는 반응은 그 예상을 보기 좋게 반전시킨다. 분위기는 금방 화기애애해지고 왁자하게 웃음꽃이 핀다.

먼저, 영화 〈우리 형〉이 그려내고 있는 부산 방식의 형제애를 살펴보기로 하자. 형과 한 살 차이인 동생 종현(원빈)은 형 성현(신하균)을 한 번도 형이라고 부르지 않는다. 그것이 얼마나 섭섭했는지 형은 동생에게 이렇게 소원을 말한다. "종형아. 내 소원이 하나 있는데 들어줄래? 내, 형이라고 한 번만 불러 도." 물론 이 소원은 그 자리에서 보기 좋게 묵살당한다. 그 소원은 형이 죽고 난 뒤 형의 사진을 쓰다듬으며 형을 부르는 것으로 겨우 성사된다. 연년생이 아니라 두세 살 위의 형이라도 예사로 이름을 부르며 주먹다짐까지 하며 큰 게 부산의 형제애였다. 형이라고 부르기에는 낯간지럽고 잘해야 '성' 이라고 예우해주면 감지덕지였다.

영화가 설정한 편모슬하의 아들 둘은 양친이 계신 경우나 아들 서넛, 또는 여형제가 섞인 경우와 달라서 모종의 치열한 라이벌 관계를 조성한다. 중간의 완충지대가 없는 형제간은 외나무다리에서 벌어지는 결투처럼 사사건건 살얼음판에 놓일 확률이 높다.

그래서 우등생이기도 하지만, 언청이 장애를 가진 탓으로 어머니의 사랑을 독차지하는 형을 바라보는 동생의 시각은 자주 비뚤어진다. 엄마가 부적을 꽂아 놓은 형의 점퍼를 뺏어 입고 달아나기도 하고, 형의 도시락 아래에 깔아 놓은 계란 소시지 반찬을 까뒤집으며 부당한 차별에 대해 항변하기도 한다.

그렇다고 영화 〈우리 형〉 속의 형제가 늘 그런 갈등관계에 놓이는 것은 아니다. 집단구타를 당하고 있는 동생을 위해 싸움에는 문외한인 형이 무조건 돌진해 들어가는 행동은 내면에 흐르는 끈끈한 형제애를 확인하게 하는 장면이다. 형제가 더 있고 아버지까지 있었다면 형은 그렇게 무모한 돌격을 하기보다는 다른 식구들에게 이 위급한 사태를 알리러 뛰어갔을 것이다.

그들의 형제애는 문예반 여학생 미령(이보영)과의 삼각관계에서 미묘하게 드러난다. 미령을 먼저 좋아한 것은 형이지만, 동생과의 교제가 진행 중인 것을 알고 형은 속만 끓인다. 종현과 미령의 사랑은 순조롭게 무르익어가지만 형도 그 여학생을 좋아하고 있다는 것을 알게 된 동생은 미령에게 냉정한 결별을 고한다. 형제애는 이렇게 사랑까지도 뛰어넘는다.

　다음으로는 영화 〈우리 형〉이 보여주는 모자간의 각별한 사랑이다. 아이들끼리의 싸움 때문에 어머니(김해숙)는, 편모슬하의 자식들이어서 그렇다는 모욕적인 말까지 듣게 되지만, 어머니는 두 아들을 앉혀 놓고 이렇게 당부한다. "단디 들어라. 다음에도 너거들 중 누구 한 사람이 맞으면 오늘처럼 같이 때려주어야 한다이." 부산 어머니다운 모진 가르침이다. 이런 어머니의 당부를 귀에 못이 박히도록 들으며 부산의 아들들은 성장했다. 부산의 어머니들은 '단디 들어라'는 '단디'에 특히 힘을 주었었다.

　그리고 영화 〈우리 형〉에는 힘겹게 두 아들을 키우는 홀어머니의 탄식도 드러난다. "와 내한테만 그라노." "내는 뭐 할라꼬 나았는데?" 하고 대드는 작은 아들에게 어머니는 "내가 와 이래 사는데?" 하고 응수한다. 그러면서 어머니는 "니는 죽은 니 아부지 같고, 니 형은 자식 같이 여기며 살았다."는 말을 덧붙인다. 이 말은 비단 혼자된 어머니뿐만 아니라 남편 복이 그다지 많지 않았던 우리의 모든 어머니들이 하고 싶었던 말이었을 것이다. 우리의 어머니들은 그처럼 자식에게 자기 인생의 모든 것을 맡기고 살았다.

곧 다시 화해한 어머니와 아들은 웃는다. 그리고 어머니는 아들에게 이렇게 말한다. "좋으면 좋다 해라. 이 문둥아." 이런 정겨운 부산 사투리는 영화의 흐름을 우쭐우쭐 출렁이게 하는 효과를 내고 있다. "니 개기는 기가?" "간이 처 부었나?" "잘못은 우리가 했는데 와 우리 어무이한테 그라능교?" "새끼들, 밥 처물 때만 눈까리가 빤짝빤짝 하재?"와 같은 사투리들이 영화의 적절한 추임새가 되고 있다.

〈우리 형〉의 줄거리

1990년대 후반의 한 고등학교, 같은 반에 연년생 형제가 재학 중이다. 잘생긴 얼굴에 싸움까지 잘하는 '싸움 1등급' 동생과 다정하고 해맑은 '내신 1등급' 형이다. 어린 시절부터 형만 편애하는 어머니 때문에 사소한 실랑이가 잦았던 형제는 동시에 한 여학생에게 반하면서 막강한 라이벌 관계에 놓인다. 형제간에 쌓인 그동안의 감정이 폭발하며 둘은 대판 싸우기도 한다. 한 번도 형을 형이라 부르지 않았던 동생, 자신의 짝사랑을 동생에게 뺏긴 형, 어머니의 사랑을 독차지하고 있는 형, 형제의 내면에는 그렇게 서로 교차하는 미안한 감정이 있다. 그러던 어느 날, 억수 같은 장대비가 쏟아지던 밤, 형제의 운명은 묘하게 엇갈린다. 안권태 감독은 부산 출신으로 영화 〈친구〉의 조감독으로 참여했으며 〈우리 형〉의 감독과 시나리오 작업을 같이 했다.

야물고 옹골찬 힘

그러고 보니 부산은 모두 자갈치다. 자갈처럼 단단하고 야물고 옹골차다. 처음 만지면 차갑지만 한번 뜨거워지면 좀처럼 식지 않는다. 깎이고 또 깎이며 울퉁불퉁 모난 길을 구르며 달려왔다. 산전수전 다 겪으며 둥글어졌다. 반들반들해졌다. 자그락대는, 똘똘 뭉친 빛나는 힘이다. 하나하나 외따로 떨어져 있으면 눈길을 끌지 못하지만 모여 운집해 있으면 으쓱으쓱 힘이 솟는 신명이다.

자갈치는 우리나라 동해 등에 분포하는 농어목 등가시칫과의 바닷물고기이기도 하지만 자갈치시장은 남포동에서 충무동 로터리까지 뻗어 있던 자갈밭을 자갈치라 부르기 시작한 데서 유래했다. 그 어원은 '밭치' '저만치' 처럼 자갈이 있는 곳, 그 끝자리 등을 의미한다. 구덕산 등지의 돌이 보수천을 따라 흘러내리고 용두산 복병산 등지의 돌이 빗물에 흘러내리면서 이 곳 자갈치에 모여 넓은 자갈밭을 형성했다. 그렇게 흘러 내려온 돌들이 오랜 세월 파도에 깎이고 다듬어지면서 반들반들한 자갈이 되었다.

파도에 씻겨 다듬어진 그 자갈들은 온갖 풍상을 헤치며 흘러온 부산 사람의 모습을 닮았다. 함경 평안 황해도에서도 오고, 강원 충청 전라도에서도 오고, 만주와 일본 땅을 떠돌다 오기도 했다. 해방된 조국에서 잘 살아보자고, 전쟁 통에 빈털터리가 되었지만 다시 한 번 살아보자고 두 주먹을 불끈 쥐고 모인 사람들이었다. 우리는 이렇게 살았지만 자식들은 이렇게 살지 않기를 바라며, 자식들 교육을 위해 징든 고향 땅을 뒤로 하고 흘러든 사람들이었다. 그들 하나하나가 모두 단단한 자갈이었다. 바람에 부서지고 흐르는 물에 마모되어 둥그스름해진 야문 돌이었다.

자갈치시장은 삶의 충전소와 같은 곳이다. 하는 일이 잘 안 풀릴 때마다 나는 자갈치에 간다. 사는 게 따분하고 우울해질 때, 나아갈 길을 찾지 못하고 진퇴양난일 때, 나는 자갈치에 간다. 다시 한 번 살아보려고 악에 악을 쓰는 자갈치의 부릅뜬 두 눈을 보며 나는 부끄러워진다. 겹겹이 놓인 장애물들을 헤치며 가는 자갈치의 바쁜 걸음 앞에 고개가 숙여진다. 콸콸콸 기름이 채워지고 있는 자동차처럼 이곳에서 나는 새로운 용기를 얻는다.

자갈치는 해방을 전후해 노점이 들어서면서 시장이 형성된 곳이다. 해방 전까지 일본인들이 쥐고 있던 자갈치 일대의 상권은 해방 후 귀환동포의 몫이 되었고 전쟁 후에는 맨주먹으로 피난 내려온 팔도 사람들의 삶터가 되었다. 자갈치가 지금의 모습으로 그럴듯한 시장의 모습을 갖춘 것도 대략 이때쯤이다. 부산은 전쟁에 내몰린 팔도 사람들의 최종 귀착지였고, 자갈치시장은 막장과도 같은 위기상황에

처한 사람들이 만난 훌륭한 생활 근거지였다. 부산 사람들의 악착같은 기질과 끈질긴 생명력은 이렇게 해서 형성된 것이다.

그날 고갈산에 검은 구름을 몰고 온/바람은/자갈치 앞바다에서 몸을 풀었다/빗물에 갇힌 자갈치 어시장/아낙들은 미친년의 무엇 같다고/찌푸린 하늘에다 쌍욕을 해대며/찢어진 천막을 손질한다/남루한 어둠이 주막집 낮은 지붕 아래/일찍 찾아와 몸을 누이고/육지가 그리운 사내들은/더러는 여자를 찾아가고/더러는 술에 취해 비틀거리는 선창가/정작 자갈치를 노래한 시인은 없고/옹이 같은 자갈치만 남아 함부로/비를 맞고 있다

—박철석 시 「자갈치 1」

'검은 구름을 몰고 온 바람' 과 같은 삶이 자갈치였다. '찌푸린 하늘에다 쌍욕을 해대며 찢어진 천막을 손질' 하며 그 시련을 극복해낸 자갈치였다. 검은 구름에 가려지고 바람에 날아갈 수도 있었으나 그에 굴하지 않고 하늘에 삿대질을 하며 다시 벌떡 일어나게 한 것이 자갈치였다.

자갈치가 부산의 삶에 끼친 영향에 비한다면 그 예술적 소출이 많지 않았던 것이 사실이다. 시인은 그것을 아쉬워하고 있다. 자갈치를 읊을 수 없었던 것은 그것이 온전한 삶 그 자체였기 때문이었을 것이다. 부모의 은혜를 시시콜콜 외고 다니지 않는 것처럼, 물과 공기의 고마움을 외고 다니지 않는 것처럼 '옹이 같은 자갈치' 는 부산 사람

의 피와 살로 내면화되어 있다. 그런 부산의 언어는 말랑말랑하지 않고 꼭꼭 씹어야 속맛을 드러내는 질긴 성질이 있다.

　박병제 그림 〈자갈치 시장의 오후〉는 분주히 오가는 사람들의 동선으로 물결친다. 그림 속의 사람과 수레는 어느 것 하나 정지해 있지 않고 바삐 움직인다. 낮게 드리워진 하늘과 집들과 어선들까지도 쉴 새 없이 출렁출렁 물결치고 있다. 그리고 그림 속의 모든 물상들은 한 곳을 향해 움직이지 않고 모두 제각각의 방향으로 나아가고 있다. 그림이 설정한 시간대인 오후는 대체로 무료하고 한적하지만 자갈치의 오후는 그럴 여유가 없다. 해 뜨기 전부터 밤늦은 시간까지 시종일관 분주하다.

　이와 같은 자갈치의 살아 퍼덕이는 생명력은, 제10회 전국연극제 희극상을 수상한 이현대 희곡 〈자갈치〉에서도 나타난다. 김영주 연출로 극단 현장에 의해 무대에 올려졌던 이 연극의 등장인물은 생선장수, 점쟁이, 욕쟁이 할매, 선장, 중매인, 커피 행상, 중매인 서기, 깡패 등 자갈치 사람 대부분이 망라되어 있다.

　자갈치에는 조연이 없다. 모두 주역이다. 팔려는 이나 사려는 이, 동냥치나 말쑥한 외지 관광객, 생선이나 고깃배나 어느 것 하나 빠뜨릴 수 없는 주역이다. 자갈치에서는 어떤 의도된 각본이나 조명도, 화려한 분장이나 음향도 필요 없다. 그것들을 알맞게 끼워 맞추고 조율하는 리허설은 더더욱 필요 없다. 〈자갈치〉 희곡의 대사 두 토막을 옮겨 본다.

박병제, 〈자갈치 시장의 오후〉, 캔버스에 유채, 60.6×45.5, 2004

서갑재 - 손바닥에 고기비늘 묻혀가면서 한평생 비린내만 맡아온 우리들은 뒷전으로 밀려나고 고기 고자도 모르고 생고기 배때지도 못 갈라본 졸부들이 우리 자갈치를 떡 주무르듯 주무르는 것, 나는 그게 한이 됐소.

점쟁이 - 봄이 부산에서는 어떻게 오는 줄 아능교? 오륙도를 지나 자갈치 아줌마들 손끝에서 봄이 온다고 부산 사람들은 말합니다. 와 그런고 하믄 인정 많고 부지런하고 손끝 야문 우리 이웃집 아주머니들이기 때문 아니겠능교.

자갈치시장

이미 전국적인 명소가 된 자갈치시장이 최근 지하 2층, 지상 7층 규모의 현대식 시설로 새롭게 개장했다. 지난 1970년 자갈밭을 매립하고 지상 3층 건물로 문을 열었던 자갈치시장을 3년여의 공사 끝에 연면적 7,837평의 최신 건물로 신축한 것이다. '도약' , '비상', '활공' 을 상징하는 세 마리의 갈매기가 하늘을 날고 있는 모습을 형상화한 건물은 650여 평의 친수공간과 더불어 부산의 새로운 명소가 될 것으로 보인다. 새 단장될 자갈치시장의 모습이 깔끔하긴 하지만 난전에 앉아 즐기던 낭만이 사라질 것 같아 아쉽기도 하다. 바람에 흔들리면서도 꺼지지 않았던 카바이드 불빛처럼 그때 우리는 외롭고 가난했으나 가슴은 더없이 뜨겁고 다정했었다.

아프고 아팠던 흉터 자국

영도다리에 피난시절의 애환이 있다고 말하지만 그리 멀리 갈 것도 없겠다. 전후세대인 우리에게도 영도다리와 그 주변에 얽힌 추억은 아름다운 낭만 조금, 억압과 궁핍과 실연의 상흔이 더 많이 존재한다. 부산의 몇몇 문인들이 영도다리를 보존하자고 팔을 걷어붙이고 나섰던 것도 영도다리의 경제적 가치를 지키려고 했던 것이 아니라 다리에 박힌 그 많은 상처의 무늬들을 지키려고 했던 것이었다.

그래서 우리의 후손들은 영도다리 위에서 더 이상 전쟁 때문에 울지 않고, 이별과 외로움과 가난 때문에 몸부림치지 않기를 바랐던 것이었다. 먼 훗날 어떤 시련이 후손들을 덮치려고 하면, 우리가 이미 이 아이들의 몫까지 다 벌을 받지 않았느냐고 말할 수 있는 증빙자료로 남겨두려고 했던 것이었다. 우리는 영도다리를 아름답고 자랑스러운 기념물로 남기려는 것이 아니었다. 아프고 또 아팠던 흉터로 남기려고 했던 것이었다.

영도다리는 그런 흉터 투성이다. 피난길에 헤어지며 여기에서 만나자고 해 놓고 아무리 기다려도 오지 않던 부모형제들의 이름을 새기며, 매정하게 돌아서간 연인의 이름을 새기며, 아득한 절망에 몸서리치며 토한 한숨을 새기며, 난간에 기대어 시름을 달랜 날들이었다. 희망찬 발걸음으로 영도다리를 건넌 사람이 몇이나 되었겠는가. 차비 몇 푼을 아껴보려고 하염없이 걷던 학생들에서부터, 아이는 등에 업고 팔 것은 머리에 이고 골목을 누빈 아낙네에서부터, 사느냐 죽느냐를 놓고 고민하던 청춘들에 이르기까지, 영도다리는 그 모든 눈물과 한숨을 혼자 다 받아 마셨을 것이다. 그리고 그들을 등 두드려 다시 다리 이편 세상으로 돌려보냈을 것이다.

낡은 연락선이/쉼표를 찍으며 지나갑니다./이 끊어지는 다리 위를 흘러간 한 시대/만남과 헤어짐들은/어느 흘러간 노래의 쉼표를 이루고 있을까요//끊어진 불빛들은 불온한 음표처럼/수런거리며 서로 상처를 부딪치기도 하면서/건너편 천마산 저녁 아래 새끼 치고 모였습니다/천마산 너르고 검은 어깨가/불빛들을 조용히 껴안고 있습니다/산의 어깨에 가까스로 걸린 어린 불빛 하나/막 허공으로 증발합니다/별이 될까요//그리운 사람들은 서로 만났을까요/다리를 철거하고 나면/아직 남은 피난의 기다림들도 영영 철거될까요/겨울 밤의 항구에 춥게 깃들이기도 하다가 별이 될까요/우리는 그 한 시대의 다리를/아직 이렇게 채 건너지도 못하고 섰는데
—이성희 시 「철거 예정된 영도다리 난간에서」

옛 시청 자리에 들어서는 제2 롯데월드 때문에 영도다리가 곧 철거될 것이라는 소식을 접하고 쓴 이 시는 낡고 오래된 것들에 대한 애잔한 정서가 물결친다. 우리나라의 근대화는 옛것을 부정하고 지우는 과정의 연속이었다. 그만큼 돌이키기 싫은 기억이 많았다는 이야기겠지만 그렇다고 지난 역사가 깡그리 망각된 것은 아니었다. 부끄러운 것은 부끄러운 대로 아쉬운 것은 아쉬운 대로 여전히 남아 있다. 오히려 그런 망각을 부채질한 관행 때문에 되풀이하지 말아야 할 과오들만 계속 되풀이되고 있을 뿐이다.

낡은 것은 낡은 그대로 쓰임새가 있다. 옛날을 회상하는 매개가 되기도 하고 앞날을 구상하는 척도가 되기도 한다. 그것이 부끄러운 유산이라면 와신상담의 제물이 되어줄 것이고 자랑스러운 유산이라면 떨치고 나아갈 추임새가 되어줄 것이다. 개개인의 심리적 균형을 위해서도 과거는 필요하다. 미래만 있는 현재는 전진만 허락된 자동차와 같아서 장애물이 나타났을 때 파국을 면키 어렵다.

영도다리는 그런 심리적 후진을 위해서도 보존의 가치가 충분한 구조물이었다. 시인은 그런 영도다리의 가치를 낡은 연락선이 찍어 놓은 쉼표, 흘러간 한 시대, 상처를 껴안는 불빛, 항구의 기다림을 껴안는 별과 같은 존재로 그리고 있다. 이런 회구 때문이었을까. 2000년 말 부산시에 의해 철거가 결정되었던 영도다리는 2001년 1월부터 2년여 동안 진행된 일부 문인들의 보존 운동에 힘입어 아직 우리 곁에 있다.

구덕운동장 스쳐 보수동 헌책방 지나/온몸 잡아채던 자갈치의 비린 손목에 잡혀/영도까지 걸어다니던 하학길/뱃길 넘보며 종아리 굵은 계집애/단발머리로 바다를 빗으며 갯내에 흠뻑 젖어서야/집이 가까웠구나, 했다/다리를 건너면서, 길이 멀었다는 걸 까맣게 잊고/다음날, 다음날, 다음날을 걸었던 것/살무사 허물 벗듯/산동네 골목을 벗어두고 영도를 떠난 후/태종대로 가는 길목일 뿐이던/유행가 가사일 뿐이던 영도다리/돌비알에 엎어질 때마다 얼비치더니/삼십 년만에 다시 건너는 순간 선명히 솟는다/꺼룩, 꺼룩 갈매기 울음 삼십 년/내 몸은 수많은 영도다리로 이어져 있었던 것/사하라에 살 때도 돈키호테 마을에 십 년씩 머물 때도/시를 쓸 때나 사진을 찍을 때나/늘 영도다리를 건너는 중이던 것/모든 길 끝에는 비린내 어룽한 영도다리가 있고/영도다리를 건너야 내 집이 있었던 거다

—김수우 시 「영도다리」

위의 시는 보다 더 확실하고 구체적으로 영도다리가 우리 곁에 남아 있어야 할 이유를 말해주고 있다. 영도다리는 낡고 초라한 시멘트 구조물이 아니라 성장기의 무수한 기억들을 환기시키는 하나의 생명체다. 작고 볼품없어 보이는 다리 하나가 그런 중량을 가지는 것은 그 다리 속에 한 사람이 아닌 수십 수백 수천만의 추억이 내장되어 있기 때문이다.

시인에게 내정된 영도다리의 기억은 대신동에서 영도까지 걸어 다닌 하학길의 무수한 풍경들 중에서도 가장 선두에 선다. 그 기억은

영도다리 위에서

영도를 떠난 후에도 소멸되지 않고 '돌비알에 엎어질 때마다 얼비치더니/삼십 년만에 다시 건너는 순간 선명히 솟는다'. 그리고 깨닫는다. 내 몸이 수많은 영도다리로 이어져 있다는 것을, 사하라에 살 때도, 돈키호테 마을에 살 때도, 모든 길 끝에는 비린내 나는 영도다리가 있었다는 것을, 영도다리를 건너야 내 집이 있다는 것을.

노래 속의 영도다리

동란 직후 유행했던 여러 편의 유행가 속에도 영도다리는 등장한다. 잘 알려진 노래 〈군세어라 금순아〉는 '이 내 몸은 국제시장 장사치지만/금순아 보고 싶구나 고향 꿈도 그리워진다/영도다리 난간 위에 초생달만 외로이 떴다'로 끝을 맺고, 〈추억의 영도다리〉는 '차디찬 부산항구 조각달도 기우는데/누굴 찾아 헤매이나 어디로 가야 하나/영도다리 난간 잡고 나는 울었네'로 막막한 타관객지의 설움을 호소하고 있다. 또 〈함경도 사나이〉에서는 '내 자식 내 아내 잃고 나만 외로이/한이 맺혀 설움에 맺혀 남한 땅에 왔건만/부산항구 갈매기의 노래조차 슬프구나/영도다리 난간에서 누구를 기다리나'로 고향 잃은 슬픔을 노래하고 있다. 그 중 〈군세어라 금순아〉를 부른 현인은 영도 영선동에서 태어난 가수인데 그 노래비와 동상이 영도다리 옆에 섰다.

불뚝성질을 지그시 누르는 기운

부산에는 강도 있고 바다도 있지만 그것들보다 산이 있어 다행이라는 생각이 들 때가 있다. 어디로 튈지 모르는 부산의 불뚝성질은 바다를 닮았고, 한 자리에 붙잡아 놓으면 여기저기 좀이 쑤셔 못 견디는 유랑 기질은 강을 닮았다. 부산 면적의 70퍼센트가 산이라지만 그 산들은 그냥 있는 게 아니라 바다와 강의 기질을 누그러뜨리려고 있다. 바다와 강의 일사불란한 진행을 지그시 눌러 앉히고 보듬어 살피느라 있다. 그 중 으뜸가는 진산이 금정산이다. 저 아래 불쑥불쑥 솟구치려는 형제 산들의 격정을 눌러 앉히며, 바다와 강의 뒤척거림을 주저앉히며 금정산은 있다.

가슴이 답답할 때 금정산은 저 멀리서 웃는다. 이리로 와 나의 그늘에 앉아 잠시 쉬었다 가라고 손을 내민다. 그렇게 산으로 간 사람들이 토해낸 도시의 시름을 다 받아먹고도 금정산의 어깨는 여전히 푸르고 든든하다. 그것만으로 모자라 산을 내려가는 사람들의 가슴 깊숙이, 겨드랑이와 호주머니마다에 내일 쓸 청량제까지 가득가득 넣어준다.

장바구니 속에는 밤새 잡혀온
바다가 있다 넙치 새끼 몇 마리 꼬
리지느러미로 푸드덕거리는 싱싱
한 물굽이 있다 치마폭에 잠기는
물비늘이 있다 비늘을 털고 오는
뱃고동 소리, 남태평양이며 캄차
카 해역의 해무를 끼고 온다 트로
올 선단을 꿰어찬 수염 텁수룩한
어로장은 깡술을 목안 깊이 털어
붓는다 눈보라를 몰고 오는 하늘
에 걸린 짐대 꼭대기의 물새를 본
다 물 속 깊이 노는 어군을 물새는
안다 깃털이 흰 물새는 놋쇠 왜가
리 소리 좋은 갯마을에 간혹 보인
다 장대 위에 앉아 마을을 감싸는
솟대가 되고 있다 장바구니 속의
바다에도 솟대가 있다 먼 해무를
찾아 길 떠날 뱃고동 소리에 귀 세
운다

―유병근 시

「금정산-산성마을 며칠, 그 넷」

동백꽃, 붉고 시린 눈물

그 단 봉 에 올 라

금정산

시인이 쓴 십여 편의 금정산 연작시 중 한 편이다. 바다와 산이 유기적인 관계를 맺고 있는데 재미있는 것은 산이 바다를 품고 있다는 사실이다. 무턱대고 출렁이는 바다의 성품으로는 산을 품을 수 없을지라도 엉덩이가 질긴 산의 성품으로는 능히 바다를 품을 수 있다. 천방지축으로 날뛰는 바다를 지난밤 산의 장바구니가 담아 왔다. 시에서는 잡아 왔다고 했지만 바다가 쉽게 수긍하지 않을 게 뻔하므로 일단 담아 왔다고 해두자. 그렇게 담아온 바다에 딸려온 넙치 새끼 몇 마리, 뱃고동 소리, 남태평양과 캄차카 해역의 해무가 있다. 그리고 깡술을 털어 붓는 어로장과 물새들. 모두 불뚝성질의 부산 성질을 상징하는 것들이다. 그것들이 금정산의 기운에 순화되고 동화되어 '장대 위에 앉아 마을을 감싸는 솟대가 되고 있다.' 바다의 불뚝성질을 삭여내는 이것이 금정산의 힘이다.

시인은 수필 〈고당봉〉에서 또 이렇게 쓰고 있다. "정상에 오르자 머리에 먼저 손이 간다. 하마터면 모자를 날려 보낼 것 같다. 불과 여남 걸음을 두고 정상과 그 아래쪽이 딴판이다. 바람은 바위틈에 몰래 숨어 있다가 갑자기 달려들어 등산객의 정신을 빼앗는다. 어쩜 그것이 정상의 위력인지도 모른다." 이것이 산의 위력이다. 우뚝하고 점잖고 묵묵부답인 듯하지만 산은 생각이 많다. 산이 숨긴 위용은 다름 아닌 바람이다. 산들산들 시원한 바람으로 땀을 식혀주기도 하지만 세찬 바람으로 느닷없이 뒤통수를 친다. 모자로 표현된 지상의 온갖 허울들을 날려 보낸다. 지상의 권력으로 상징되기도 하는 모자가 산의 정상에서는 일시에 위태로운 처지에 놓인다.

때로 절벽처럼/가슴 가운데 우뚝 일어서고/어느 때는/먼 지평선처럼 낮게 열리는/너 금정산아/도심의 소란스러움과/사람과 사람 사이/겨울 골목에서처럼 만나는/찬바람을 피하여/한사코 너의 어깨와/팔다리에 매달리며/가슴 속으로만 파고드는/숱한 인파를/낮엔 초록의 싱그러움과/송뢰로 품어주고/골짜기마다 어둠의 장막/길게 드리우는 야밤이면/개울물소리 한 소절/멍든 영혼 달래주며/하늘 가운데 보석들을 세게 하는/너 금정산아/우리에겐 네가/어머니다/그 가슴 속의 아늑함이다/땅끝 아득히 눈물겹게 펄럭이는/푸른 깃발이다/조국의 끝자락이다

—이해웅 시 「金井山」

유병근 시인의 금정산이 엄격한 아버지의 품성을 닮았다면 이해웅 시인의 금정산은 자애로운 어머니의 품성을 닮았다. 자연은 이러한 양면성을 지녔다. 넉넉한 듯 인색해야 하고 부드러운 듯 강직해야 한다. 그래야 삼라만상의 균형을 잡을 수 있다. 절벽처럼 우뚝 일어서기도 하고 지평선처럼 낮게 열리기도 해야 한다. 이해웅 시인의 금정산은 지평선에 가까워서 모든 것을 수용하고 수긍한다. 도심의 소란스러움과 찬바람을 피해서 온 사람들을, 가슴 속으로 파고드는 숱한 인파를 잠자코 받아준다. 낮에는 초록의 싱그러움과 솔바람으로 품어주고 밤에는 시원한 개울물소리로 멍든 영혼을 달래준다. 그래서일까. 금정산을 든든한 배경으로 둔 부산 사람들은 다음과 같이 유유자적해질 수도 있다.

금정산 산마을에 이사 와서/아침마다 금정산 바라보며/느릿느릿/
천천히 걸어가는 버릇이 생겼다./아내와 딸/책/안경/전세방/내가 가
진 것은 대충 이런 것인데/가을날 아침을 걸어가며/금정산 이마를
찬찬히 바라보면/빨리 걸어야 할/아무런 이유도 없다는 생각이 솟
는다./서른 셋/오늘 죽어도 좋을/그 어떤 무엇도 가진 바 없고/사람
들이 재빨리 내 앞을 스쳐 지나가면/출근길/놀라서 따라 걷는 내 꼴
이 우스꽝스럽고/부끄러워 하는 것도 버릇만 같아서/걸음이 이따금
헷갈리지만

—엄국현 시 「금정산」

이처럼 금정산을 배경으로 둔 삶은 가진 것 없어도 넉넉하다. 전세
방에 살아도 금정산 아래에서라면 빨리 걸어야 할 아무런 이유가 없
다. 빨리 걸어야 할 아무런 이유도 없다고 당당히 말하는 넉넉한 시
심에 동화되어 나 역시 절로 어깨에 힘이 솟는다. 바삐 스쳐 지나가
는 사람들을 따라 조급해지고 있는 자신이 우스꽝스럽고 부끄럽다.

금정산의 자랑거리

금정이라는 지명은 오색 향기 나는 구름을 타고 내려온 금
빛 고기가 그 속에서 놀았다는 금샘의 전설에서 유래했다. 금정산은
최고봉인 고당봉을 비롯해 억새밭 천국의 장군봉, 포효하는 형상의

의상봉, 가을 달밤의 풍경이 아름다운 계명봉, 신선한 아침 풍경이 좋은 원효봉, 닭의 형상을 한 상계봉, 유리와 같은 기암괴석의 파리봉 등을 거느리고 있다. 금정산의 절경은 더위를 잊기에 좋은 사시골, 부산 산악훈련의 요람인 부채바위와 나비바위, 선녀가 목욕하러 내려왔다는 애기소 등이 있고, 기암괴석으로는 병풍바위 고양이바위 공알바위 의자바위 거북바위 칼바위 촛대바위 평평바위 이무기바위 원효석대 용두암 북바위 사자바위 등이 있다. 금정산이 품고 있는 금정산성의 위용과 범어사의 각 암자들이 지닌 운치도 자랑할 만하다.

범어사 일주문

연락선 난간머리 흘러온 달빛

　항구는 떠나고 돌아오는 곳이다. 이별의 아쉬움과 재회의 기쁨이 함께하는 곳이다. 그러나 그 이별과 재회의 무게가 비등하지는 않다. 이별에 흘린 눈물만큼 재회의 기쁨으로 되돌려주지는 않는다. 항구의 사랑은 달콤했으나 그 이별은 길고도 쓰다. 떠나는 자나 남는 자나 바다 앞에서는 그 어떤 언약도 할 수 없다. 바다는 가야 할 곳이 많고 물리쳐야 할 유혹이 많다. 성난 풍랑이 그 언제 모든 것을 물거품으로 만들지 모른다. 망망대해의 외로움과 시시각각 닥쳐온 파선의 위기를 넘어 당도한 항구에서의 사랑은 그래서 더더욱 달콤했을 것이다.

　그것을 아는 배는 뱃머리를 바다 쪽으로 돌리자마자 매정하게 물살을 가르며 멀어져간다. 붙잡는 손길들을 넘실대는 파도로 차갑게 뿌리치고 간다. 목 놓아 부르는 소리를 뱃고동으로 물리치며 간다. 불러도 불러도 고개 한 번 돌리지 않고 간다. 가는 사람은 그렇게 가더라도 부산항은 끝까지 목을 빼고 자꾸 멀어져가는 배의 뒤꽁무니를 향해 손을 흔든다. 그렇게 가더라도 부디 나를 잊지 말라고, 언제 어느 때든 다시 꼭 돌아오라고, 그때까지 이 자리에 꼼짝없이 앉아 그대를 기다리겠다고.

〈부산항 7〉은 줄기차게 부산항을 그린 화가 최봉준의 그림이다. 내륙 태생인 그는 바다에서 나고 자란 사람보다 훨씬 더 충격적으로 바다와 만났고, 그래서 훨씬 더 자세히 바다의 속살을 들여다보며 살았을 것이다. 그의 부산항 연작은 바다 근처 올망졸망 터를 잡은 배와 높고 낮은 집들과 언덕을 향해 있다. 먼 바다로 나아가는 자리가 아닌 항구로 돌아오는 자리에 시선이 맞추어져 있다. 그의 바다빛깔은 그림마다 다르다. 바라보는 지점과, 햇빛의 농도와, 풍경을 포착하고 그려내는 화가의 감정과, 그림 속 어느 귀퉁이에 앉아 하염없이 바다를 바라보고 있었을 누군가의 감정에 의해 그렇게 달라 보였을 것이다. 어느 날은 녹색으로, 어느 날은 푸른색으로, 어느 날은 남색으로. 그렇게 변화무쌍한 바다의 빛깔이 산전수전 다 겪은 부산 사람의 색깔을 닮았다.

연안은 물론 저 먼 오대양을 넘나드는 배들이 쉴 새 없이 들고 나는 부산항은 그 배들이 뿌리고 간 연정 때문에 수많은 노래자락을 남겼다. 대부분 슬프고 아린 이별의 정한을 노래한 곡들이다.

〈울며 헤진 부산항〉(조명암 작사, 박시춘 작곡, 남인수 노래)은 '울며 헤진 부산항을 돌아다보는 연락선 난간머리 흘러온 달빛 이별만은 어렵더라 이별만은 슬프더라 더구나 정 들인 사람끼리 음~' 하고 노래했고, 〈함경도 사나이〉(손로원 작사, 나화랑 작곡, 손인호 노

최봉준, 〈부산항 7〉, 캔버스에 유채, 72.7×60.6, 1995

래)는 '흥남 부두 울며 찾던 눈보라치던 그 날 밤 내 자식 내 아내 잃고 나만 외로이 한이 맺혀 설움에 맺혀 남한 땅에 왔건만 부산항구 갈매기의 노래조차 슬프고나' 하고 탄식했다. 〈고향의 그림자〉(손로원 작사, 박시춘 작곡, 남인수 노래)는 '찾아갈 곳은 못 되더라 내 고향 버리고 떠난 고향이길래 수박등 흐려진 선창가 전봇대에 기대서서 울적에 똑딱선 프로펠라 소리가 이 밤도 처량하게 들린다 물 위에 복사꽃 그림자 같이 내 고향 꿈은 어린다' 고 했다.

이 노래들이 부산항을 바라보며 실향의 아픔을 달랜 노래들이라면 다음과 같이 돌아오지 않는 사랑의 추억을 노래한 것도 있다. 〈항구의 사랑〉(최치수 작사, 김부해 작곡, 윤일로 노래)은 '둘이서 걸어가던 남포동의 밤거리 지금은 떠나야 할 슬픔의 이 한 밤 울어 봐도 소용없고 붙잡아도 살지 못할 항구의 사랑' 으로 이어지고, 〈아메리칸 마도로스〉(김진경 작사, 고봉산 작곡 노래)는 '무역선 오고가는 부산항구 제이부두 죄 많은 마도로스 이별이 야속터라 닻줄을 감으면 기적이 울고 뱃머리 돌리면 사랑이 운다 아~ 항구의 아가씨 울리고 떠나가는 버리고 떠나가는 마도로스 아메리칸 마도로스' 로 애절한 이별을 노래했고, 〈잘 있거라 부산항〉(손로원 작사, 김용만 작곡, 백야성 노래)은 '아 잘 있거라 부산항구야 미스 김도 잘 있어요 미스 리도 안녕히 온다는 기약이야 잊으랴마는 기다리는 순정만은 버리지 마라 버리지 마라 아~ 또 다시 찾아오마 부산항구야' 하고 후일을 기약하고 있다.

부산항을 소재로 한 대중가요는 이런 이별과 실연의 정한이 대부분이지만 씩씩한 행진곡도 있다. 〈부산행진곡〉(야인초 작사, 박시춘 작곡, 방태원 노래)은 '동서양 넘나드는 무역선의 고향은 아세아 현관이다 부산항구다 술 취한 마도로스 남포동의 밤거리에는 꽃 파는 젊은 아가씨들의 노래가 좋다'와 같이 활기찬 부산항의 모습을 그리고 있다. 부산항을 소재로 한 노래는 이처럼 다양한 가락과 사연을 담아 전 국민의 사랑을 받았다.

그 중 빠뜨릴 수 없는 것이 조용필을 국민가수의 반열에 올려놓은 노래 〈돌아와요 부산항에〉(황선우 작사 작곡)이다. '꽃피는 동백섬에 봄이 왔건만 형제 떠난 부산항에 갈매기만 슬피 우네 오륙도 돌아가는 연락선마다 목메어 불러 봐도 대답 없는 내 형제여 돌아와요 부산항에 그리운 내 형제여'로 이어지는 이 노래의 노래비가 해운대해수욕장에 섰다. 이 노래는 젊은 나이로 요절한 통영 출신 가수 김성술이 1970년 〈돌아와요 충무항에〉(김성술 작사, 황선우 작곡)라는 제목으로 취입했던 곡을 일부 가사를 바꾸어 조용필이 다시 불렀던 것으로 밝혀지기도 했다.

1973년 취입한 조용필 노래의 첫 가사는 '그리운 내 형제'가 아닌 '그리운 내 님'이었다. 별 주목을 받지 못하고 묻힐 뻔했던 이 노래가 크게 히트한 것은 1975년 재일 교포 고향방문단에 맞추어 노랫말을 님에서 형제로 고쳐 다시 음반을 내고 나서였다. 또 대륙침략의 향수를 버리지 못한 일본인들에 의해 가사의 뜻이 왜곡되면서 입방아에 오르기도 했다. 이 노래의 작곡자 황선우 씨는 부산 영도 사람으로 서울로 이주해 살면서 객지 생활의 외로움을 달래며 고향의 푸른 바다와 어릴 적부터 좋아했던 이웃집 소녀를 생각하며 이 곡을 썼다고 했다.

지금 쉴 새 없이 출렁이는 부산항의 파도는 자신을 소재로 한 수많은 노래들에 장단을 맞추고 있는 것이 아닐까. 어느 날은 블루스로, 어느 날은 탱고로, 어느 날은 지르박으로, 어느 날은 행진곡으로.

유라시아의 시발점

부산항은 1876년 개항한 한국 최초 최대의 항만으로 우리나라 무역의 관문이다. 1910년 제1부두가 축조된 후 1945년까지 2~4부두, 물양장, 방파제가 축조되었다. 1974년부터 착수한 부산항 개발 1단계 공사로 컨테이너와 양곡 전용부두인 제5부두, 고철 광석 석탄을 취급하는 제7부두, 특수화물만을 취급하는 제8부두, 국제여객터미널, 연안여객부두 등이 갖추어졌다. 1978년부터 제2단계 개발공사를 시작, 컨테이너 전용부두인 제6부두를 축조하고, 기존의 3, 4부두와 중앙부두 제5물양장의 개축공사를 했다. 부산항에는 국내 유일의 국제여객 항로로 일본 시모노세키 후쿠오카 등을 오가는 정기 여객선이 있고, 국내 연안여객선으로 제주 거제도 한려수도 등을 연결하는 쾌속선이 운항되고 있다. 최근 연결된 남북철도가 제 기능을 발휘하면 부산항은 신선대부두, 우암부두, 신항과 함께 유라시아를 잇는 시발점이 될 것이다.

인생의 구비 돌아 등짐을 풀다

　긴 여정을 마치고 낙동강이 마침내 부산에 당도했다. 낙동강의 물길은 발원지인 강원도 태백 황지에서는 작고 가냘픈 못물이었으나, 상류에서 하류로 흘러내리면서 무수한 물줄기들을 불러들이고 껴안으며 이처럼 넉넉한 강을 이루었다. 그 힘으로 이제 낙동강은 바다로 나아가기 전 잠시 가쁜 숨을 고르고 있다. 쉬지 않고 달려온 머나먼 장도였다. 모난 돌을 만나면 그러지 마라고 가만가만 쓰다듬어주고, 목마른 땅을 만나면 잠시 발길을 멈추고 뿌리 깊은 곳까지 손을 뻗어 흥건히 적셔주었다. 큰 바위덩이가 앞을 가로막으면 두말 않고 먼 길을 돌았고, 아스라한 낭떠러지를 만나면 어깨 끼고 함성을 지르며 아래로 내달렸다.

　강은 한 번 간 길을 두 번 다시 가지 않는다. 뒤를 돌아보지 않고 거슬러 오르지 않고 지난 것은 지난대로 두고 묵묵히 앞만 보고 간다. 가지 말라고 부여잡는 높은 것들의 손을 뿌리치며, 아니라 아니라 손사래를 치며 낮고 낮은 곳을 향해 나아간다. 한 번 적신 길은 뒤를 따르는 또 다른 강에게 맡겨둔 채 계속 새로운 길을 간다. 어서 가서 목마르고 배고픈 대지에 젖을 물리고자 하는 어미의 마음이다.

낙동강(洛東江)은 가락국의 동쪽을 흐르는 강이라 하여 붙여진 이름이다. 생명의 젖줄인 물을 찾아 정착한 사람들이 선사시대부터 살았다. 낙동강의 끝인 부산 다대에서 강을 따라 거슬러 올라가면 김해 양산 물금 밀양 진영 영산 남지 현풍 고령 왜관 인동 선산 상주 풍천 안동 예안 재산 춘양 현동 철암 도계 함백 등에 이를 수 있다. 이 유장한 물길만큼이나 낙동강을 노래한 시편들이 많지만 그 중 세 편을 옮긴다.

바다에 이르러/강은 이름을 잃어버린다./강과 바다 사이에서/흐름은 잠시 머뭇거린다.//그때 강은 슬프게도 아름다운/연한 초록빛 물이 된다.//물결 틈으로/잠시 모습을 비쳤다 사라지는/섭섭함 같은 빛깔./적멸의 아름다움.//미지에 대한 두려움과/커다란 긍정 사이에서/서걱이는 갈숲에 떨어지는/가을 햇살처럼/강의 최후는/부드럽고 해맑고 침착하다.//두려워마라, 흐름이여/너는 어머니 품에 돌아가리니/일곱 가지 슬픔의 어머니.//죽음을 매개로 한 조용한 전신(轉身)./강은 바다의 일부가 되어/비로소 자기를 완성한다.

— 허만하 시 「낙동강 하구에서」

허만하 시인은 경북 대구 생으로 낙동강 발원지 부근 장성에서 두 해 남짓 생활한 적이 있다. 그 시절 시인은 황지에서 내려오는 물길을 따라 동료들과 노래를 부르며 차를 달렸다고 회고했는데, 그 강물을 따라 지금 부산에 정착했으니 낙동강과는 특별한 인연을 맺은 셈이다. 시인에게 낙동강 하구는 등짐 지고 온 것들을 잠시 내려놓는 휴식의 장소이며 상류의 것들이 순화되는 정화의 지점이다. 그 휴식과 순화는 바다로 나아가는 기대와 설렘을 동반하며 바다의 일부로 진입하는 자기완성의 과정이 된다. 그것을 준비하고 수긍하는 '강의 최후는/부드럽고 해맑고 침착하다.' 그렇게 '강은 바다의 일부가 되어/비로소 자기를 완성한다.'

> 강물은 원래 눈물이야. 깊고 깊은 눈물이야./거기 살도 빠져 있고, 피도 빠져 있고,/그래서 강물엔 원래 피고름이 흐르는데 아무도 그걸 모르지.//다대포 바닷가 모래밭엔/매일 피고름이 흘러/흘러흘러 넘쳐/새떼들이 들고 오는 파도와 산(山) 조각들/한데 맞춰 들고 들여다봐//아, 들여다봐/네 눈물이 있다가/출렁출렁 있다가/저녁해에 얹혀, 또는/아침 분홍 구름에/얹혀/일어서는 것을//넓고 넓은 낙동강 강물로 일어서는 것을.
>
> ―강은교 시 「낙동강-심연에 비추는 풍경 넷」

강은교 시인은 함남 홍원에서 태어나 서울을 거쳐 부산에 정착했다. 반도의 상부에서 하부에 이르기까지의 긴 여정이 시에서 묻어난다. 시인의 낙동강은 단순한 자연물이나 개인적 체험 공간을 넘어 지난한 역사의 흔적으로 그려진다. 강물이 품고 있는 눈물, 살, 피, 피고름 등은 낙동강이 감당해온 역사의 아픈 상흔이다. 잦은 외세의 침탈로, 내란으로, 정쟁으로, 궁핍과 억압에 떨던 민초들의 눈물로, 환경오염으로 인한 죽음의 피고름으로 낙동강은 흘러왔다. 그 피고름을 낙동강의 눈물이 다시 씻어주고 있다.

> 농민들이 폭정에 항거해/농기구를 무기로/배를 타고 오갔던 낙동강/동학군이 함성을 지르며/혁명을 일으켜/물길을 헤쳤던 낙동강/일본군들이 토지 수탈을 위해/강 위에 다리를 놓아/총칼을 휘둘렀던 낙동강/6·25가 터지자/형제가 적으로 갈려/피를 뿌렸던 낙동강/군사독재가 설칠 때/학생과 민중이/온몸으로 떨쳐 일어섰던 낙동강/민중과 숨결을 같이한 낙동강/낙동강은 하구둑에 막혀/낙동강은 오폐수를 뒤집어쓰고/숨을 헐떡이고 있구나/장강은 지치고 지쳐/죽어가고 있구나/우리들의 삶/우리들의 낙동강/우리들이 죽이고 있는/오, 통곡의 낙동강
>
> —임수생 시 「낙동강」

임수생 시인은 앞의 두 시인과 달리 부산 토박이로 줄곧 낙동강 하구를 지켜온 경우다. 시인에게 낙동강은 물리치거나 피할 수 없는 필연의 터전으로 삶과 밀착된 구비치는 격랑의 역사였다. 동란 때 그러했듯이 낙동강은 더 이상 물러설 수 없는 삶의 최전선이었다. 바다를 배수진 삼아 일구어온 낙동강 하구의 삶은 마지막 저항의 보루였다. 폭정에 항거했던 농민과 동학군, 일제 수탈, 동족상잔의 비극, 군사

독재에 맞선 민주화의 열기가 이 낙동강을 배경으로 펼쳐졌었다. 그리고 지금 낙동강은 하구언에 막혀 마음대로 바다로 나아가지도 못하고 오폐수를 뒤집어쓴 채 숨을 헐떡이고 있다. 마침내 '우리들이 죽이고 있는/오, 통곡의 낙동강' 이 되고 있다. 그 낙동강을 해맑은 얼굴로 되돌려 놓는 일이 우리에게 주어진 과제일 것이다.

　그림 〈강나루〉는 오랫동안 부산 풍경을 그려온 안세홍 화백의 낙동강 연작 중 한 편이다. 맑고 담백한 수채화로 시적 서정의 세계를 펼쳐온 화가의 그림세계가 잘 드러났다. 갈대가 서걱대는 강나루에 배는 가장 맞춤한 곳에 여장을 풀었다. 이를테면 부산이 이 그림 속의 강나루와 같을 것이다. 너무 넓어 베를 대고자 하는 작은 배의 사공들을 위축시키지도 않고, 너무 좁아 큰 배의 사공들을 불안하게 만들지도 않는 용량 말이다. 부산은 누구라도 와서 배를 댈 수 있는 항구도시다. 고갈된 에너지를 충전하기도 하고 좁아진 가슴을 활짝 펴고 크게 한 번 심호흡을 할 수 있는 곳이다. 누구라도 마다 않고 받아들이며, 누구라도 오래된 제 고향처럼 뿌리 내리고 살 수 있는 곳이다. 우리는 지금 이 그림 속의 나룻배 한 척으로 부산에 깃들어 살고 있다.

안세홍, 〈강나루〉, 종이에 수채, 53,0×33,4, 2000

뿌리를 찾아가는 역사 기행

　한 치 앞을 내다보지 못하는 삶을 어리석다 했지만 한 치 뒤를 돌아볼 줄 모르는 삶 또한 어리석다. 앞을 내다보지 못하는 삶은 큰 그림을 그릴 수 없고 뒤를 돌아볼 줄 모르는 삶은 근본을 망각하기 쉽다. 미래를 꿈꾸지 않는 삶은 더 나아가기를 포기한 삶이며 과거를 따지지 않는 삶은 자기 정체에 대한 인식이 결여된 삶이다.

　이것은 개인에게 국한된 이야기가 아니다. 집단과 사회, 도시와 나라 전체에 두루 해당되는 말이다. 나라의 정체성은 오늘의 모습만으로 가늠되는 것이 아니라 어제와 내일의 긴 잣대로 겨누어 가늠된다. 지나온 발자취들, 앞으로 나아가고자 하는 진로를 놓고 오늘의 성과를 살펴야 한다. 부산이라는 도시 역시 마찬가지다.

　부산 사람들 중에는 부산에 대한 모종의 열등감을 갖고 있는 경우가 많다. 제반 분야에 두루 내재된 어떤 피해의식 같은 걸 확인하게 되는 경우가 있다. 오랜 야당도시라고 하지만 정치적 야성의 본질은 지역색에 불과했던 경우가 많았고, 경제와 문화 환경지수는 전국에서 바닥을 달리고 있다.

어디에선가부터 단추가 잘못 채워졌을 것이다. 그 단초를 동란 임시수도 시절에서 찾을 수도 있을 것이다. 전쟁은 한민족 모두에게 큰 불행이었지만 부산에게는 더 큰 불행이었다. 전쟁의 아수라장을 말하려는 것이 아니다. 피난민들을 받아낸 그 노고를 말하려는 것이 아니다. 자연스럽고 점진적인 성장의 기회를 박탈당한 불행을 말하려는 것이다. 부산의 힘으로 과거와 미래를 가늠해가며 차근차근 도시의 정체성을 만들어나갈 기회를 전쟁이 박탈해버린 것이었다. 급조된 임시수도로서 갑자기 팽창한 부산의 용량이 두고두고 화근이었다. 사상누각이었다.

전쟁과 산업화를 겪으면서 타지 사람들이 물밀듯이 밀고 들어오면서 부산 원주민 비율은 20퍼센트에 지나지 않게 되었고 부산의 원형과 자긍심을 지킬 기회를 잃어버렸다. 그 과정에서 부산은 아예 뿌리가 없는 도시라는 인식이 팽배해졌다. 과연 그런가? 그렇지 않다. 부산의 깊은 뿌리를 다음과 같은 역사 개괄로 확인해볼 수 있다.

지금까지 밝혀진 부산의 선사시대 발자취로는 해운대 중동 좌동 유적지에서 발굴된 기원전 1만 5천 년 경 구석기 유물과 청사포 유적지가 있다. 선사인들은 원시적인 형태의 돌기구를 사용해 먹을 것을 구한 흔적을 남겼다. 1만 5천 년 전부터 부산에 사람이 살았다는 이야기다. 그리고 역사 시대인 변한 12국 중 장산국 거칠산국 내산국 등의 철기 유적이 수영강과 온천천 주변을 중심으로 출토되었으며 고분 유적도 발견되었다. 근대로 내려오면 백산상회를 중심으로 한 독립운동, 부두노동자 총파업, 부산항일학생의거 등 일제 치하의 지속적인 저항기록도 있다. 부산의 발자취는 이처럼 유구하고 자랑스럽다.

그 유구하고 자랑스러운 발자취를 최해군 장편소설 『부산포』(전3권)가 따라가고 있다. 중요 등장인물은 고교 역사교사이며 향토사학자인 허민과 중학교 역사교사 안혜숙이다. 거기에 신문사 주필을 지낸 조필호가 향토사에 대한 관심을 갖고 동행한다. 그들은 부산의 뿌리를 찾아가는 긴 여정을 펼친다. 지명의 유래와 전설, 거기 살았던 선조들의 자취를 더듬으며 묻혀 있던 부산의 역사를 꺼내 보인다. 세권 분량의 소설은 부산의 길쭉한 생김새만큼이나 유장하다. 선사시대의 부산포에서부터 변모한 오늘의 모습에 이르기까지 구석구석을 탐색한다. 그 길의 일부를 따라가 보자.

토요일 허민이 안혜숙에게 조필호를 핑계로 전화를 건다. 안혜숙이 양정동으로 가정방문을 갈 예정이라고 하자 허민은 정묘사에서 만나자고 한다. 그때 허민의 같은 학교 동료인 국어교사 이우상이 따라나선다. 허민과 이우상은 초량을 거쳐 부산진으로 넘어오면서 좌천동 범내골 범일동 서면 전포동 등의 지명에 얽힌 유래를 두루 풀어낸다.

좌수영고개를 지나 하마정에 이르자 이우상의 입을 통해 거제시장 자리는 삼십여 년 전만 해도 논이었고 연산동은 그때 연밭과 갈밭이 있던 늪지대라는 사실도 들려준다. 그 좌수영고개가 바로 모너머고개다. 지금의 부산진시장 자리에 음력 4일과 9일에 서던 부산장에서 물건을 매매하고 동래로 가기 위해 모너머고개를 넘어야 했는데, 그때 가족들이 횃불을 들고 마중을 나온 지점이 홰바지란 지명으로 남아 있다고 했다.

허민과 이우성은 곧 동래 정씨의 시조 정문도(鄭文道) 공의 묘와 사당이 있는 정묘에 이르고 천연기념물 배롱나무 부근에서 안혜숙과 합류해 작은 술자리를 가진다. 거기서 구사하는 부산 사투리의 감칠맛이 일품이다.

다음으로 부산에 침입한 왜적과 동래 기생의 역사를 죽 훑어 내린 뒤 허민 안혜숙 조필호가 수영의 25의용단을 답사한다. 팔도시장과 수영공원 남문을 거쳐 천연기념물 푸조나무, 안용복 장군 동상을 지나 도착한 25의용단은 임진왜란 7년 동안 왜적과 싸웠던 의로운 용사 스물다섯 분의 넋이 잠들고 있는 곳이다. 수군절도사 박홍이 겁을 먹고 달아난 뒤 수영성이 혼란에 빠지자 수영 주민과 수병들로 구성된 이들은 자발적인 게릴라전을 펼쳤다. 밤에 나다니는 왜군을 쇠스랑과 도끼로 공격하고 지나가는 왜선을 습격했으며 정박한 왜선에 구멍을 뚫고 닻줄을 끊었다. 25명의 의용은 그렇게 7년을 싸웠다.

등장인물들은 수영성 아래 최영 장군을 모신 사당인 무민사에 이르러 이런 대화를 나누기도 한다. "이 나무 아래를 봐. 느티나무가 솟아오른 이 아래에 바위가 있어. 이 바위를 마을 사람들은 맹세바위라고 했어. 아주 큰 바위야. 수영의 스물다섯 의용은 이 바위에다 마지막 순간까지 싸우자는 맹세를 했다고 해." 소설은 등장인물들의 시선을 따라 이런 식으로 계속 이어진다.

스물다섯 의용의 항쟁이 나라에 알려진 것은 왜란이 끝나고도 10년이 지난 광해군 1년 때였다. 그러나 관의 기록에 올랐을 뿐 그들의 행적은 500년이 넘도록 세간에 잘 알려지지 않았다. 나 역시 몇 년 전에야 25의용단의 내막을 자세히 알게 되었다. 25의용단의 돌담길은 이제 내가 즐겨 찾는 산책코스가 되었다. 낮은 담장 너머를 기웃거리며 부산을 살다간 선조들의 당당한 의기를 온몸으로 느끼곤 한다. 부산의 선조들은 그렇게 위풍당당했다.

불붙는 도시를 사수하라

　불의 용도는 다양하다. 차가운 것을 데울 때, 날 것을 익힐 때, 어둠을 밝힐 때, 무엇인가를 태워버릴 때 불은 사용된다. 그런 불의 성질을 가진 사람들이 있다. 한 번 마음먹고 나서면 끝을 보고야 마는 성미, 불씨를 살리기가 힘들어서 그렇지 한 번 불이 붙었다 하면 아무도 말릴 수 없는 성미, 안 하면 안 했지 한 번 시작한 일은 결단을 내고야 마는 성미.

　부산 사람들이 그렇다. 이런 성질 때문에 부산 사람의 일은 한 번 작심하고 나면 걷잡을 수 없이 빠른 속도로 진행된다. 이러쿵저러쿵 백 마디 말보다 딱 부러지는 행동이 앞선다. 그래서인가. 부산 사람은 급하고 드세고 뜨겁다. 격렬하고 화통하다. 화통은 기차나 기선 따위의 굴뚝이다. 굴뚝은 늘 뚫려 있어야 한다. 그만큼 걸림이 없고 거침이 없다. 그 열린 통로로 다 보듬지 못한 열기와 채 연소되지 않은 연기를 내보낸다.

　그렇게 타올랐던 부산이었다. 구포장의 민초들과 일신여학교 동래

고보 학생들의 독립만세에서, 박정희 독재를 무너뜨린 부마항쟁에서, 대통령 직선제를 관철한 유월항쟁에서 부산은 막힌 언로를 열고 식은 가슴을 데운 화통한 굴뚝이었다.

부산은 그처럼 불의 성질이 강한 도시다. 강이 있기는 하나 그 기운은 하류에 이르러 미미해졌고 바다가 있기는 하나 마실 수 없는 짠 성질은 물이 아닌 불에 가깝다. 부산의 기질은 온화하고 유장한 물이 아닌 꿈틀대고 솟구치는 불에 가깝다.

불은 뜨겁고도 두려운 발화점을 넘기며 타오른다. 불 같다고 할 때 그것은 무엇으로도 통제할 수 없는 격정의 상태를 의미한다. 1979년 10월과 1987년 6월의 부산은 도저히 더 이상 참을 수 없어 터져나온 불길이었다. 그 불길은 너무 드세고 힘찬 것이어서 다른 무엇으로는 쉽게 진화할 수 없었다. 그 불을 진화한 것이 10·26의 총성이며 6·29 항복 선언이었다.

부산이 일어나면 끝이라는 말은 그래서 생겼을 것이다. 부산은 참고 참다가 최후의 순간 불처럼 일어난다. 그 전까지 부산 사람은 가슴 깊은 곳의 불씨를 좀처럼 드러내지 않는다. 잠자코 그 불씨를 키운다. 그리고 마지막 순간 한꺼번에 터트린다.

2000년 11월 개봉한 영화 〈리베라 메〉는 불붙는 도시를 배경으로 지능적인 방화범과 그에 맞선 소방관들의 대결을 그린 작품이다. 드림써치 제작, 양윤호 감독, 최민수 차승원 유지태 등이 출연했다. 〈리베라 메〉는 '우리를 구원하소서' 라는 뜻의 라틴어로 촌각을 다투는 위급한 상황이 거듭되고 있는 영화 전체의 분위기를 잘 압축한다. 불길에 휩싸인 채 구조를 기다리고 있는 사람들이나 성난 불길 속으로 뛰어드는 소방관이나 세상에 대한 적개심으로 불을 낸 방화범이나 모두 긍휼한 구원의 대상이다.

군이 화재현장이 아니더라도 처절한 생존 경쟁이 거듭되는 나날의 일상은 거대한 불구덩이와도 같다. 용케 불을 피할 만한 자리를 얻은 사람도 있을 것이며 불 속에 있다 할지라도 자신의 몸 하나쯤은 건사할 만한 방화복을 구해 입은 사람도 있을 것이다. 그러나 정도의 차이가 있을 뿐 무섭게 번지고 있는 화마로부터 완전히 자유로운 사람은 없다. 불은 질풍노도와도 같이 곧 모든 것을 삼켜버릴 기세로 번지고 있다. 비정한 세파는 그 불길을 물리치기는커녕 어서 모든 것을 삼켜버리라고 부채질한다.

영화는 이렇게 시작된다. 여희수(차승원)는 어린 시절의 방화로 12년 간 교도소 생활을 한다. 그의 출감과 동시에 도시 곳곳에 원인 모를 화재가 발생한다. 소방대원 상우(최민수)는 화재현장에서 동료 인수를 구하지 못한 죄책감 때문에 연쇄 방화사건이 터지자 필사적으로 진화작업에 나선다. 여희수에게는 어린 시절의 아픈 기억이 있다. 아버지에게 학대받는 어린 동생을 구하기 위해 아버지와 함께 불 속으로 몸을 던진 누나에 대한 기억이다. 그 고통과 상처로 여희수는 세상을 증오하며 닥치는 대로 방화를 저지른다. 그러나 번번이 상우에 의해 방화는 조기 진압된다. 이에 희수는 상우를 제거할 계획을 세운다. 결국 상우 대신 동료 소방관이 목숨을 잃고 상우와 맞서던 희수 역시 화염 속으로 사라진다.

삶은 결국 끊임없이 치솟는 불구덩이 속을 헤쳐 가는 것에 다름 아니며, 결국 하루살이처럼 그 불기둥에 스스로 몸을 내던지는 것이라는 우울한 결론에 이르게도 한다. 또 다른 방화를 예비해 놓고 소방관들을 현장으로 유인하기까지 하는 방화범의 대담한 행적들은 우리 스스로 파 놓은 일상의 함정들이기도 할 것이다.

영화의 도입부에는 불빛이 반짝이는 밤의 부산항과 부산대교의 풍경이 펼쳐진다. 서정적인 분위기의 영화였다면 그 장면은 무척 정적인 분위기로 받아들여졌겠지만 곧 이어지는 화재장면으로 하여 그것은 고요한 평화가 아닌 불길한 조짐으로 작용한다.

밤의 불빛 아래 고개 숙인 도시의 물상들은 크나큰 재난을 몰고 오는 화마의 날름대는 헛바닥 앞에 곧 맥없이 쓰러지고 주저앉는다. 그 돌발적인 재난과 맞서 싸우는 소방관들의 얼굴은 검게 그을리고, 죽음의 불길과 맞선 앙다문 입술은 사투를 벌이는 자의 독기로 일그러져 있다. 그런 한계상황을 극복하게 하는 힘은 생명에 대한 존엄성과 소방관들의 동료애였다.

현직 소방관들이 이 영화의 촬영에 대거 동참했던 까닭도 많은 위험요소에 노출되어 있는 자신들의 열악한 작업환경과 처우를 이 영화가 일정 부분 대변하고 있기 때문이었다. 이를테면, 근무 중 부상한 소방관의 병원 치료비를 본인 부담으로 할 수밖에 없는 현실에 대해 울분을 터트리는 장면 등이 그러하다. 서두의 음울한 분위기는 뒷부분에서도 이어진다. 옛 침례병원 화재 현장으로 출동하는 소방차와 그 소방차를 잠자코 바라보며 딸랑대는 구세군 자선냄비는 긴박한 파국을 향해 달려가는 어떤 상황을 예고하고 있다.

총 45억 원의 제작비를 들인 〈리베라 메〉는 부산영상위원회가 지원한 첫 영화로 부산시의 대대적인 도움을 받았다. 부산에서 95퍼센트 이상을 찍었는데 옛 침례병원을 비롯해 시청 앞 풍전아파트와 수영만 요트경기장의 세트, 해운대 우동의 선프라자오피스텔 등 부산의 여러 곳을 누비며 촬영이 진행되었다. 실제 건물로 방화 장면을 촬영했으며 10초간의 주유소 폭파장면은 세트 제작에만 5억 원을 들였다고 한다. 제37회 백상예술대상 작품상과 남우주연상, 청룡상 촬영상 등을 수상했다.

흥행은 그다지 성공적이지 못했는데 그것을 가장 아쉬워했던 사람은 아마 출연료도 없이 힘든 진화장면에 뛰어들었던 부산의 소방관들이었을 것이다. 부산영상위원회는 엑스트라 등 인력수급과 교통통제, 촬영장소 섭외, 인허가 문제 등 촬영에 필요한 제반 사항들을 발 벗고 나서서 도왔다.

영화의 마지막은 '잔화 작업 개시'라는 소방대장의 명령으로 끝을 맺고 있다. 화재가 진압되고 사상자가 실려 나갔다고 해서 화마가 완전히 사라진 것은 아니다. 불씨는 어느 구석에선가 숨죽이고 있다가 혓바닥을 날름대며 다시 살아날 수도 있다. 시련과 위기는 그처럼 완전히 사라지지 않고 잠복해 있다가 어느 순간 다시 찾아온다. 시련과 위기는 나태한 방심을 먹고 자란다. 꺼진 불도 다시 보자는 표어는 화재 방지에만 해당되는 말이 아니다. 지금 우리는 안온한 일상의 늪에 빠져 방심하고 있지만 생의 시련은 그 안온한 일상 속에 불씨를 숨기고 있다.

불을 재난으로 보면 그렇지만 불을 생명의 동력으로 보면 발화와 진화는 인간이 영원히 계속해 나가야 할 담금질이다. 어느 순간 우리의 영혼은 걷잡을 수 없이 활활 타올라야 하고 또 어느 순간 우리의 영혼은 스스로 그 불길을 자제할 줄 알아야 한다.

진화 작업에 종결이 없듯이 나날의 삶 또한 완전한 종지부는 없다. 하루 일과가 끝났다고 하여, 한 달 일 년의 달력을 넘겼다고 하여 지나간 시간이 일단락되는 것은 아니다. 죽음까지도 종말은 아닐 것이다. 우리의 시간은 영원히 지속되는 우주의 한 찰나에 불과하다. 그 무수한 점들이 영원을 구성한다. 그 광활한 시간 속에 오욕의 불씨를 남기지는 않았는지 돌아보고 또 돌아볼 일이다.

부산의 화재 사건

전쟁 통에 날림으로 지은 집들이 다닥다닥 붙어 있고 바람이 드세어 부산의 불은 한 번 나면 큰불로 번지기 쉽다. 지난 반세기 동안 부산에서 발생한 대형 화재를 꼽아보면 다음과 같다. 1953년에서 1995년에 이르기까지 여러 차례에 걸친 국제시장 화재, 1954년 부산역전 화재, 1960년 여공 62명의 생명을 앗아간 국제고무공장 화재, 1978년 태화고무공장과 자유시장의 화재, 1984년 100명이 넘는 사상자를 낸 서면 대아호텔 화재, 그리고 시위 과정에서 발생한 화재로 억울한 희생자를 낸 1982년 미문화원 방화와 1989년 동의대 화재 등이다. 그 중 미문화원 화재는 우연히 목격했던 사건이기도 하다. 그 자리는 지금 보수를 거쳐 부산근대역사관이 되었다.

맺는 글

풍경의 속살

젖먹이 때 부모님을 따라 부산에 와 뿌리를 내린 지 반백년이 되었다. 성장기의 꿈과 좌절, 청장년기의 기쁨과 슬픔이 헤일 수 없는 무늬로 점점이 아로새겨진 부산에 이끌려 부산에 깃들어 살았다. 멀리가 있던 나를 다시 불러 내린 것이 부산이었고 쓰러진 나를 다시 일으켜 세운 것이 부산이었다.

부산의 진면목을 들추고 밝히는 방법이 여러 가지가 있겠으나 나는 부산의 풍경과 부산을 제재로 한 작품을 통해 부산을 다시 보고자 했다. 오랜 세월 스스로 그러하였던 자연풍경과 시간의 흔적이 켜켜이 쌓인 구조물들이 부산의 외형적 표정이었다면, 부산을 그린 문학 영화 그림 사진 가요 등은 그 내면적 표정이 되어 주었다. 그 안에 부산의 과거와 미래, 영광과 회한, 빛과 그늘이 있다.

부산에 살고 있으나 부산을 제대로 느끼지 못하고 있는 분들, 부산을 떠나 있으면서 비로소 부산을 사랑하게 된 분들, 막연한 선입견으로 부산을 잘못 바라보고 있는 분들에게 조금이라도 부산의 속살을 만져보는 계기가 되었으면 좋겠다. 이 글이 쓰여질 수 있도록 지면을 열어 독려해 주신 분들, 작품 인용을 허락해 주신 분들, 맞춤한 그림으로 추임새를 넣어 준 박경효 형, 마지막 갈무리를 해주신 산지니출판사 여러분들께 감사드린다.

수영성 푸조나무 아래에서
2008년 늦봄 최영철

동백꽃, 붉고 시린 눈물

첫판 1쇄 펴낸날 2008년 5월 13일

글 최영철 · **그림** 박경효
펴낸이 강수걸
펴낸곳 산지니
등록 2005년 2월 7일 제14-49호
주소 부산광역시 연제구 거제1동 1493-2 효정빌딩 601호
전화 051-504-7070 | **팩스** 051-507-7543
sanzini@sanzinibook.com
www.sanzinibook.com
기획 이학천 | **편집** 권경옥 · 김은경 | **제작** 권문경
인쇄 대정인쇄

ISBN 978-89-92235-39-6 03810
ⓒ 최영철(글), 박경효(그림), 2008

값 13,000원

* 이 도서의 국립중앙도서관 출판시도서목록(CIP)은
e-CIP 홈페이지(http://www.nl.go.kr/cip.php)에서
이용하실 수 있습니다.(CIP 제어번호 : CIP 2008001314)